随筆集

念ずれば花ひらく

坂村真民

サンマーク出版

まえがきにかえて――『随筆集　念ずれば花ひらく』復活本刊行について

わたしは、平成十年の秋にサンマーク出版より『詩集　念ずれば花ひらく』を出したが、その誕生前に同名の随筆集である本書がすでにあり、好評で版を重ねていた。ところが、その出版社が、何の通知もなく突然消えてしまい、残念でならなかった。

この本には特別愛着をもっていた。この本を出した頃わたしは無名で、詩集を出してくれる出版社はあったが、随筆集を出してくれるところはなかった。それだけに、この本の出版には、わたしの喜びがこもっていた。

本にも人間と同じく運命のようなものがあるのだと、あきらめていたとき、救い主が現れ、『詩集　念ずれば花ひらく』と並んで、本書をサンマーク出版から刊行してくださるという声がかかり、ここに復活することになった。

どうか、詩集の『念ずれば花ひらく』を読まれた方は、随筆集である本書『念ずれば花ひらく』をお読みくださり、織物でいったら裏糸のこまやかな情念を知っていただければ、著者として何よりの喜びである。

とくに若い人たちに読んでいただき、新生日本のために少しでもお役に立てればと思う。お読みくださった方の声を聞かせていただければ、これにまさる喜びはない。

最後になったが、この本が復活することができたのは、サンマーク出版の植木宣隆様のご尽力によるもので、衷心からお礼を申し上げる。また、編集部の斎藤竜哉様には校正刷その他にご苦労をかけ、胸の熱くなるのを覚えた。

新生したこの本の流布を祈ろう。

平成十四年一月

タンポポ堂にて

真　民

随筆集 念ずれば花ひらく　目次

四章　真実の自己を求めて

五章　詩一筋に生きて

本書は一九七九年に柏樹社から刊行されたものの新装版です。

装幀――川上成夫
編集協力――逍遙舎

一章　念ずれば花ひらく

念ずれば花ひらく——八字十音の真言

足利紫山《しざん》老師（安政六年生まれ、昭和三十四年百一歳にて示寂）に相見したのは、老師九十三歳のときであった。そして「夢」という墨跡をいただいたのは、老師九十七歳のおん時であった。それ以来この一字を床に掲げて礼拝してきたわたしの瞼《まぶた》に、何かと浮かんでくる、夢のような美しい思い出のいくつかがある。その一つは、まだ幼いわたしをおんぶした母が、田んぼの中にある共同墓地に入っていき、「乳が多くて、乳が出すぎて」といいながら、乳も充分飲めずに死んでいった童男童女の墓石に、白い温かい乳をしぼってはかけ、しぼってはかけて拝んでいる母の姿である。体格のよかった母は、わたしの妹に飲ませて、なおあまるほど乳が出ていたのだろうと思う。本当にたらちねのははという歌詞《うたことば》そっくりの、大きな乳であった。

父は四十の厄を越えきらず亡くなったが、遺《のこ》された五人の子たちは、この母の念力で、大きな病気ひとつせず育った。

母は三十六歳で未亡人になった。それから母の悪戦苦闘の歴史が始まったのであるが、わたしの読んだ『女の一生』という本と同じように、母の一生も多事多難の連続であった。「念ずれば花ひらく」――これは、そうした母の念仏といってもよい自己激励の言葉であり、また遺言どおり五人の子たちを育て上げようとする、悲願の念誦《ねんじゅ》であったであろう。

その頃わたしたちの仏さまは、父の「のどぼとけ」であった。それは美しいのどぼとけであった。この舎利仏に、わたしは花をあげ、明かりをともし、香をたき、毎暁お水を供えて礼拝してきた。それは長男でありながら、死に目に会えなかったわたしに、母がいいつけた務めであった。わたしの詩に、

念ずれば花ひらく

念ずれば
花ひらく

苦しいとき
母がいつも口にしていた
このことばを
わたしもいつのころからか
となえるようになった
そうしてそのたび
わたしの花がふしぎと
ひとつひとつ
ひらいていった

というのがあるが、この八字十音のありがたさが、本当にわかるようになるまでは、わたしも幾多の試練を受けねばならなかった。

かつてない大きな戦争、かつてない敗戦、その間、三人の男の子は三人とも赤い召集令状をもらって、死を覚悟して出ていった。そうしたわたしたちが三人とも無事に帰ることができたのは、母の念力だったと思う。母は眠れない夜々を、愛用の手風琴《アコーディオン》を弾いて祈ったということであった。

如来《にょらい》の美しさは、大悲のゆえだと思う。

菩薩《ぼさつ》の若さは、大願のためだと思う。

苦難苦闘の連続だった母であったが、阿蘇の火柱を見ながら大きくなったゆえか、いつも燃えるような愛情と、尽きない夢とを持っていられた。老いても精神の衰弱を見せない母であった。

わたしの詩に「ねがい」というのがある。

ねがい

ただ一つの

花を咲かせ
そして終わる
この一年草の
一途《いちず》さに触れて
生きよう

一途は、母のいのちであった。

一念は、母のすべてであった。

わたしも母の一途一念を身につけ、「念ずれば花ひらく」という母の願いを、わたしの詩の骨髄として励み、八字十音の真言を、タンポポの種（母の名をタネといった）のように飛ばして、一人でも多くの人に念誦していただき、タンポポの花言葉のように、幸せの花を咲かせてもらいたいと、居をタンポポ堂と名づけ、わたしの大願である詩国賦算《ふさん》、詩集流布のため、身命を惜しまないつもりである。それが不孝愚昧《ぐまい》のわたしのただ一つの報恩行《ぎょう》だと思うからである。

朝念暮念

現在わたしが毎月刊行している『詩国』の前身は『ペルソナ』であった。そしてその前身ともいえるのが『海燕』であった。海燕と命名したのは、ゴーリキーの『母』を愛読し「海燕の詩」を愛誦《あいしょう》してきたからである。

わたしはゴーリキーの『母』の中に、わたしの母を感じた。子どもを信ずることにおいては、ゴーリキーの母とまったく同じであった。いかなる場所においても、いかなる権威に対しても、ビクともせず、堂々と自分の子を弁護した。七十二歳のとき、狭心症で倒れたのも、村の一警官が子どもの思想調査でやってきたため、いつもの熱情が高じて起こった突然の発作だったことを、その場にいた人から聞いた。

母が幼い五人の子を一身に託されて未亡人となり、何の蓄えもなく女の腕で、この五人の子を育ててゆかねばならなくなったとき、どのようにして生きてゆくか、一番案じたのは母の母であるおばあさんであった。

楽しかった広い庭のある川沿いの大きい家から、山ばかりの貧しい村の小さい家に移り住んでまもなく、おばあさんがやってきて、下の二人の子どもだけを連れて帰ってこい、上の三人の子はどこかにやるか、奉公に出すか決心をせよ、とても育ててゆけるものではない、と強く母に迫った。わたしはあの晩の異様な空気を忘れることはできない。

夜中の十二時になり、一時になっても母はハイといわなかった。そのためわたしたちは母の翼のもとで、生きてゆける身となった。あれから三十六年間、母の苦闘の日々が始まったのである。つまり「念ずれば花ひらく」の念の強い火が、燃え出したのであった。わたしの詩に「母上よ」というのがある。少し長いけれど、文章にするよりこのほうがよいのでしるそう。

母上よ

計るに人々母の乳を飲むこと一百八十斛《こく》となす――『父母《ぶも》恩重経』

母上よ

今年もあなたに会えず
今日で終わろうとしております
何という不孝者でしょう
何という恩知らずでしょう
今年はお会いしに帰ろうと思っていましたが
いよいよとなると決心がつかないことばかりです
この貧乏をおゆるしください
すべては詩に執するわたしからくるのです

母上よ
まだ起きておられるでしょうか
最後の日を最後の日らしく

七十一年のさまざまな思いを
ひとりさびしく偲《しの》んでいられるでしょうか
五人の子をひとりで育て
育てあげればちりぢりと去っていった
その子どもたちを思うて
ひとりさびしく起きておられるでしょうか

母上よ
あなたほど不幸な重しを背負ってきた人は
あまりないような気がします
あなたはありがたいことだ
もったいないことだ

みんな仏さまのおかげだと言われますが
あなたほどの才智と意志とを持つ女性が
草ぶかい田舎で枯れ木のように
老いてゆかれるのを思うと
女性の運命というものが
わたしにはあわれでならないのです

母上よ
あなたがもし男だったら
どんな仕事をなしておられたでしょう
あなたはすばらしい人となって
一つの立派な道をゆかれたことでしょう

あなたが嫁入り道具の一つとして持ってこられた
伝来の薙刀《なぎなた》やくさり鎌や
大切にしまっていられた免許皆伝の巻物など
あなたの気丈な御性格を
よく物語っているように思われるのです
ことに父上が亡くなられた翌々年
県の武徳殿で男の人たちと試合をなされた時の
りりしいお姿が今もはっきりと浮かんでまいります

母上よ
それとも幸福な家庭の人となっていられたら
あなたは自分の好きな音楽の道を

一途に歩まれたかも知れません
ひとところはやった大正琴でいろんなものを
ひいてきかせてくださいました
ことにわたしたち三人が
戦争に出ていた折は
ま夜なかひとり起きて
あなたは愛用の手風琴をひいて
自分のくるしみをわすれ
子どもたちの武運を
祈られたということでした
今でも大事にしておられる手風琴は
あなたのお人柄を物語る

何よりのものです

母上よ
あなたは七十の坂を越え
わたしも人生四十の齢《よわい》を過ぎました
四十一で亡くなられた父上の歳《とし》になって
初めて父上の偉大であったことも真実わかりました
それがわかると同時に
自分があなたがたの子どもとして
どんな人間となり
なにを為《な》さねばならないか
そんなことが今にして

ようやく自覚されてきたのです

母上よ
ひとりで今年の最後の膳《ぜん》に
ついていられるであろう母上よ
お体を大切にして
いつまでも生きていてください
あなた一人を家において
そんなことも言えない
長男のわたくしですが
わたくしがお願いするのは
それだけなんです

どんなに苦しくとも
生き耐えてゆかねばならない
これはわたくしの信仰なのです
そのうち宇和の海にも
暖かい春が訪れてまいりましょう
待っている孫たちにも
あなたの歌をきかせてください

阿蘇の麓《ふもと》で乙女となった母には、阿蘇の火のような情熱が燃えていた。普通の女の人なら、とても生きてゆけそうもない生活の急変のなかにあって、フラフラすることなく、グラグラすることなく、すっくと立ちあがることができたのは、この詩の中にある薙刀やくさり鎌の免許皆伝の女丈夫であったからだと思う。

わたしは長男だったため母と苦労を共にしてきた。捨てて荒れはてていた山畑を借りて、そばやいもを作ったりした。文字どおりの荒れた畑で竹の根をとるのは大変であった。それを母とわたしとは根気よく掘り抜いていった。五人の子にどうして食わせるか、それは容易なことではなかった。鍬《くわ》や鎌など手にしたこともなかった母であった。よくもあのように大地に立って働かれたと思う。

それはまったく花咲くかどうかわからないあけくれであった。十三を頭にして末の子はまだ生まれたばかりであった。

木々は必ず花が咲く、しかし人間には必ず花咲くときがくるとは限らない。咲かずに終わってしまうかも知れないのである。

母は五人の子に、一度だって偉い人になってくれとはいわなかった。わたしはこのことを思うたび涙がにじんできてならない。普通の女性なら必ずいったであろうが、長男のわたしにもこうしてくれ、ああしてくれなど一ぺんもいわなかった。だから五人とも思い思いに成長していった。軍事教練が開始されて、きびしい圧力が若い者たちに加えられてきたとき、弟は一ぺんもそれに出なかった。それを知っていても母は何一ついわなかった。自分の産んだ子どもたちを信ずることの強かった母を思うたび、わたくしはゴーリキーの母を思い出すのである。

母の名はタネといった。手紙には種子と書いたり、種と書いたりされた。「念ずれば花ひらく」という詩を載せている『赤い種』という詩集は、母の苦闘苦難に報いようと思い、その名を題名に入れて、母の霊に捧《ささ》げたものである。

その頃わたしは自分の心の眼をあけようと思ってきびしい戒律をもうけ、一切の肉食を禁じたりしていたため極度に衰弱し、とうとう眼の肋膜《ろくまく》といわれる中心性漿《しょうえき》液性網膜炎という眼病にかかり、半盲に近いあけくれを送っていた。黒い眼鏡をかけ、眼帯をかけて病院に通いながら、一番相すまないと思ったのは、何一つ母の大恩にも報いず、このような病気になったことであった。

病院の近くにある神社の大木の下に座っていると、鳥がむらがり、赤い実が一ぱい落ちて、光を失おうとしているわたしを悲しませた。その赤い実を手のひらの上に乗せていると、母の姿が浮かんできた。そして母の労苦がひしひしと胸に迫ってくるのであった。赤い実はあたかも母のいのちの火のように思われてならなかった。「念ずれば花ひらく」の詩を思うたび、重い心で生きていたあの頃が思い出されてならない。

錦《にしき》を着て故郷に帰るという、そうした報恩行を五人の子のだれもしなかった。とくに長男のわたしは詩歌に執して、そうした立身出世の道を歩こうとしなかった。年少にして西行《さいぎょう》や芭蕉《ばしょう》のような、世間無用者を恋い慕う者となってしまった。そうしたわたしを母はむしろ喜んでくれ、自分も短歌を作ったりした。その心情を思うと、わたしは今も切なくてならないし、また一方嬉《うれ》しくてならない。なぜなら母は世間普通の女性とちがって、本当の花とは、立身でも出世でもなく、五人の子がそれぞれの道で、人間らしく生きてゆくことを念じていたからである。

母は花好きであった。また果物好きであった。豊かな家に育った母は貧乏のどん底に落ちても、みじんも貧乏くさいことをいわなかった。わたしの詩に「いんどりんご」というのがある。

いんどりんご

嫁にくるまで
世間の苦労を
あまり知らずに
育った母は

父が亡くなって
貧乏の底にいても
思いきった買い物をした
わたしがうしろから
もういいでしょうなどいうと
だまってついておいでと
おこったような声で
言うのであった
胃腸の弱いわたしは
母がいかやたこを買い
目ぼしいものがあると
またすぐ魚屋に入ってゆくので

いつもうしろからよびとめて
母をふきげんにさせた
バナナの大きい一房を
買ったかと思うと
高価ないんどりんごを
また買うのであった
母と石手寺で
五十一番の札所《ふだしょ》に
おまいりしたときも
その夜いんどりんごの
みごとなものを買って
わたしに食べさせてくれた

これが四国での
母との別れだった
いんどりんごを見ると
いつも母がうかんでくるが
そのいんどりんごすら
あまり買いきらず
一山百円のりんごで
かんべんして貰《もら》う
母への供物《くもつ》である

母はまた料理が好きであった。いろいろなものを作って食べさせてくれた。ふかしパンに使う美しい花の形をした小さいガラスのうつわや、いろいろな花を刻んである落雁《らくがん》を作るための木型がたくさんあって、粉を練り、それを作るときの母の楽しそうな顔がなつかしい。しょうゆもみそも、つけものも母の手作りであった。

わたしたちは父のいないことをさびしがったり、父がいないために貧しいのだと思ったりしたこともなかった。しばもち、よもぎもち、あまざけまんじゅう、わたしたちは腹一ぱい食べた。休暇で帰ってくると待っていたといわんばかりに、朝から晩までいろいろなものを作って食べさせるのであった。お母さん、とてもそんなにおなかには入らないよといって、胃腸の弱いわたしは母を嘆かせた。

しばもち

しばもちはおいしい
しばもちはなつかしい
母がいつもつくってくれたしばもち
熊本では「いげん葉だんご」という
田植ごろになると

どこの家でもよくこしらえ
こどもたちをよろこばせた
わたしもあの「山帰来《さんきらい》」の葉を
よくとりに行ったものだ

さくらの葉につつんださくらもち
かしわの葉につつんだかしわもち
ささの葉につつんだささもち
ほおの葉につつんだほおもち
そのなかでもしばの葉につつんだ
しばもちが一番なつかしい

今日も
仏さまに供え
母に供え
ふるさとの山を思いうかべながら
妻とたべる
しばもちのしばのにおいよ

人間というものは、幼いとき親に食べさせてもらったものが、一番なつかしいのである。ことに年をとると郷愁のように、幼いときに口にしたものがなつかしい。そうしたことを思うと、給食や食事施設の完備した学校になった今日の子どもは、幸せかも知れないが、一方では母親とのつながりのうすくなってゆくことの不幸を嘆かずにはおられない。もう一つ食べものの詩をあげよう。

カタクリコと野いばら

おかあさん
カタクリコつくってねと
小さい時から体の弱かったわたしは
病気するたび
なんど母にせがんだことだろう
あのすきとおった
まっしろいカタクリ
白い砂糖をうんといれて
白い匙《さじ》をそえて
枕《まくら》もとに持ってきてくださるカタクリ
おなかのいたいのも

あたまのいたいのも
いっぺんになおってしまう
あったかいカタクリ
カタクリのなかに
いつもいる母のおもかげ
ああ
もうすぐに三年忌がくる
思い出の野いばらの花が
野にも山にも
お墓のまわりにも
いっぱい咲き匂《にお》うていることだろう
白いカタクリとともにうかんでくる

白い野いばらの花

五人の子どもたちが一人も欠けずに育ち、今もみな無事でいるのも、母の守りのおかげである。

昼の月

昼の月を見ると
母を思う
こちらが忘れていても
ちゃんと見守っていて下さる
母を思う
かすかであるがゆえに
かえって心にしみる

昼の月よ
朝念暮念、母への思いはますばかりである。

母貝の歌

わたしの念願はなんとかして、この弱い体を七十二歳まで保ちたいことである。母は数えの七十二歳で亡くなられた。それは不幸の連続であった。女の持つ宿命の悲劇を満身に受けて、ついに倒れてしまわれたといってもよかろう。わたしが悲願をたてて、一年一回の詩集の出版をするのも、この母の霊を慰めようと思ってである。わたしは長男として生まれて、何一つ孝養をつくさなかった。早くから家を出て、母のそばで暮らすことをしなかった。それを思うと耐えられない気がする。母貝が歌う声が、わたしには日夜聞こえてくる。それは、あるときは楽しく、あるときは切ない響きを持っている。真珠を育てた母貝は捨てられる。そんな母貝が、何千何万となく海の底で、宿命の果てのエレジーを歌っているだろう。

わたしは母貝が欲しいのだ。母貝で盃《さかずき》をこしらえたい。そして酒をばなみなみとついでこの苦しみを癒《いや》したいのだ。

貧しいわたしは高価な真珠よりも
あの母貝の方がなつかしい

海辺に立つと子守うたのようにひびく
波の音は
母貝たちがうたう歌であろうか
一つ一つの真珠が大きくなってゆく
その真実がわかるような気がする

そんな詩を作って日記に書きつけたりしたこともあった。わたしがかつて半盲になろうとしたとき、日光を遮断して一日中じっと寝ていた。そんなときよく波の音が、観音の声のように聞こえてきたものだ。それはまた母の歌でもあった。

母ひとりの力によって
育てられたわたしは
高嶺《たかね》の花のような
十数万もする真珠よりも
それを育てた母貝に
より愛着を持つ

子は高価なネックレスとなり

母は海底に捨てられる
そんな対比が
わたしの心を痛める
母貝のうたは
そうした貝たちへの
わたしのせめてもの
挽歌《ばんか》である

母貝よ、悲しまないでおくれ、人類の幾万幾億の母が、おまえの労苦を知ってくれているのだ。おまえの宿命を悲しんでいるのだ。海の凪《な》いだ日、海の荒れる日、わたしは海辺に来て、母貝の歌を聴く。それは太古から絶えることなく続いている母の歌なのだ。

海は万物の母である。海がすべてのものを生んだのである。人は海から生まれ、海に帰ってゆく。海こそわたしたちの安住所なのだ。

次の詩は、母がまだ健在だったとき生まれたものである。古い詩稿は捨てたり焼いたりしたが、これはどうしても捨てきらず今まで持ってきた。書いた紙も赤くなってしまっているが、なつかしいのでここにしるしておこう。

精神の火と泉

古稀《こき》の祝いすらなし得ないわたしであるが、この詩を心から母に捧げたい

母は七十になられても
まだつやつやとした髪をしておられる

母は七十になられても
まだご飯をたきながら
本を手から離されない

母は七十になられても
ときどき手風琴を出して
好きな金剛石の歌をひいてうたわれる

母は七十になられても
リンゴの美しさを言い
ボストンバッグに入れてこられる

母は七十になられても
朝夕鍬を持ち
野菜や蝶《ちょう》や鳥たちと

話をしていられる

母は七十になられても
村の民生委員をつとめ
火鉢にあたる暇もなく
谷々の貧しい人たちの
世話をして歩かれる
かつては富士の頂上を極め
千古の雪をかじり
武徳殿にて薙刀を持って
男に立ち向かわれた母
また毅然《きぜん》として徴兵官の前にて

子をかばい正論を吐かれた母
七十になられても母の火は
阿蘇の火のように燃え
五人の子を乳《ち》たらい給うた
二つの乳房はしぼんでしまわれたが
その胸には温かい泉を
まだこんこんとたたえていられる

昨夜ひさしぶりに母の夢をみた。母貝の歌を作ったりなどとしたからだろう。母が亡くなってから、もう十年ちかくなる。だが母のことを思わぬ日とてないほどだ。また鏡を見ていると、いよいよ晩年の母そっくりな顔になってゆく。

母貝よ、わたしに毎夜、母の歌を聴かせてくれ。

母に捧ぐ詩

われに母あり

一

われに母あり　青春の
悩みも愛の　温かい
そのふところに　抱きしめて
じっと守って　下さった
　じっと守って　下さった
　　母の情けに　泣けてくる

二

われに母あり　人生の
生きゆく力　純情《まごころ》を
愛の翼で　はげまして
じっと諭して　下さった
　じっと諭して　下さった
　　母の姿に　泣けてくる

三

われに母あり　門出の日
涙一滴　落とさずに

ちぎれるばかり　日の丸を
ふって送って　下さった
　ふって送って　下さった
　　母の強さに　泣けてくる

　こういう歌謡曲風の詩があることは、近頃初めて知ったのである。わたしは朝鮮にいるとき個人誌として、『坂村真民歌謡集』というのを月一回出していた。その中の詩であって、母にも送っていたから、それを切り抜いて、母は大切に持っていられたのである。朝鮮時代のものは何一つないのであるが、この紙片だけが、その頃のわたしを物語っているような気がして、実になつかしかった。

　歴史の流れは、国を変え、個人も変えてしまい、一切が茫漠《ぼうばく》とした彼方に、蜃気楼《しんきろう》のように残っているのであるが、この一篇の歌謡詩を見ていると、よくも死なずに生きてきたなあと、しみじみ思われてならない。

生きてこられたのは母がいられたからだ。母が守り祈っていられたからだと思う。この一篇をわが母に捧ぐと書いているが、これぐらいのことしかできなかった、あの頃のわたしであった。

母の手紙

わたしは母にはだまって学生時代から母の手紙を大切にしまっていた。朝鮮に渡り、そう母にも会えなくなると、いっそう母の手紙が貴く、一枚も欠かさず持っていた。引き揚げのときも委託した荷物の中に大切に入れておいたのであるが、何もかも没収されて、母が私に寄せたせつせつの思いの手紙を、もう二度と見ることはできない。敗戦は長男のわたしを母のもとに帰らせたが、流浪流転のわたしは、またもや四国に渡ってしまった。そしてまた母はひとりの生活を続け、昭和二十八年の五月十六日、ひとりで育てあげた五人の子を呼ぶゆとりもなく、狭心症で亡くなられた。

わたしが母の手紙を大事にしていたのは、いつかこの手紙を活字にして「女の一生」というものを、世に残したかったからである。母はよく手紙を書かれた。おそらくわたしだけでなく五人の子に、それぞれ書き送られたであろう。五人とも個性の強い者たちだったが、世の脱落者にもならず、無事に育つことができたのは、つねに母が心をこめて書かれた手紙のおかげだと思う。

わたしはわたしの詩の愛読者であるN子さんからいただいた親子文集を一通り読んでから、大切にしまっている母の手紙をとり出して読んだ。本当に久しぶりに読んだ。

それはわたしにかけがえのないたった一つの花のように生き生きと、ありし日の母のよみがえりを思わせた。

母はわたしにとって永遠に咲き匂う一輪の花である。わたしは返しても返しきれない母への大恩を、いくらかでも返して軽くしようと、詩を書きつづけているのである。

母は花の好きな人であった。いつか夢にサフランのような花を持って、会いにきてくださった。サフランは小さな花である。匂いのよい花である。思えばわたしにとって母は、永遠にしぼまぬ一つの花である。
ここに母の最後の便りを書きとどめ、母を偲ぶ何よりの記念としよう。
はがきの表の下欄に、

御一同お元気只々うれ敷存じます。新学期となり骨がおれませう。新茶今年は冷気の為芽立わるく遅れますが、そのうち少しでもつんで送りませう。昨年は新茶をことづけてたばかられました（だまされたの意）。五月末であったでせう。
私も其後元気、扶助者の東、西、二日にかけ実態調査。十四、五日聞信会二日まいり、怠りなく正見の修養につとめて、世の荒波をのり切ってすごしています。本はよろこばれています。

とあり、その裏には、

りえ子さん、さよ子さんおたよりありがたうございました。げんきでべんきょうなさってゐることうれしくおもひます。五月五日はあめでこちらもこまりました。こひのぼりがつくられたとのことよかった。わたしはゆっくりだんごこしらへてたべました。しゃしんばかりみてよろこんでどこにでももってゆきます。よくとれてゐます。みんなでかへったからうれしかった。又お父さんときて下さい。おまちします。おちゃをつんでから小づつみおくります。けしごむが一つのこってゐました。おいしいものをおくります。

と書いてある。日付は書いてないが、局の消印は昭和二十八年五月十三日になっている。このはがきを受け取ったのは五月十六日の午後便であった。そしてそれから二時間ぐらいしてハハキトクの電報がきた。私は急遽《きゅうきょ》出発の準備をした。しかしそのときはすでに母は息絶えていられたのである。キトクと打電されたのはわたしを悲しませぬための配慮だったのである。

三人の小さい子たちを連れて母に会わせるためみんな一緒に帰ってから、ちょうどひと月後であった。

のどぼとけ

ふと思い立って、ある観光会社の団体と一緒に、伊予、土佐の海岸をめぐってきた。ここは国定公園に指定されていて、日本のなかでもとくに海底が美しく、きれいなサンゴの産地として知られている。わたしは沖縄の海底も見たが、ここの海もまた沖縄に劣らぬ美しいところであった。

南国には珍しい吹雪の日であったが、車に乗っている間は雪となり、降りればからりと晴れ、まったく天の恵みをしみじみと感じるような空の動きであった。わたしたちは龍串《たつぐし》というところに着き、そこにある海中展望塔を見学し、感動がまだ脈打っている状態のなかで車に乗り、しばらく行くと龍宮を思わせる豪華な朱塗りの建物のあるところに到着した。

ほとんどの人は一階のレストランで飲んだり食ったり、売店内のさまざまのサンゴ製品を買ったりしたが、わたしと妻とは二階と三階のサンゴ博物館を見に上がっていった。ここには世界中のサンゴが集められていて、わたしは、仏典の中にサンゴという名がよく出てくる意義の深さを初めて知った。また地上の風景よりも海底のほうがどんなにポエジーに富み美しいかも、初めて知り得た思いがした。こんな見事なものが集められているのに観光客の姿はまったくなく、人はみな食うこと買うことにのみ専念し、だれ一人上がってくる人はなかった。だから美しいサンゴに囲まれてだれにも妨げられることなく、自分の幻想を楽しむことができた。わたしがここに書こうとするのも、その一つである。

わたしはサンゴたちのささやきのなかで、ふと父の「のどぼとけ」のことを思った。美しかった、あの「のどぼとけ」のことを。

父はわたしが満八歳、小学校三年のとき、あっという間に他界した。地方の医者ではとても治せない病気だったのだろう。県立病院に入院し、家に残っていたのはわたしと妹二人だけだった。そんなことでわたしは父の死に目に会えなかったのである。そうした長男のわたしに母が与えたのが、父の「のどぼとけ」であった。母はわたしにいった。おんぼうさんが、こんな美しいのどぼとけは見たことがありません、というので持ってきたのです。きょうからこれがあんたの仏さまです。毎朝お水をあげて、末期の水の代わりにしなさいと。

その日からわたしの早起きが始まった。わたしは夜の明けるのを待っていて、地区の共同井戸へ水をくみに行き、父の「のどぼとけ」にお水をあげて拝むのが日課となった。ろうそくをつけると、四角なガラスの中に入っている父の「のどぼとけ」は、サンゴのように美しく光るのであった。わたしはそのことを思って、照明の光に美しく輝く世界のサンゴの中に囲まれて、ひさしぶりに父とめぐりあったような思いにふけり、感動を抑えることができなかった。

この父の「のどぼとけ」は、母が亡くなるまで三十六年間、わたしたちの仏さまであった。母のお骨《こつ》と一緒に入れて葬ったのだから、海中に入ってサンゴとなるわけではないのであるが、美しいサンゴに囲まれていると、海の中に入ってサンゴとなり、今こうしてわたしにささやきかけているという思いに、かられてくるのであった。

ちょうどその日は涅槃会《ねはんえ》の日であった。わたしは世尊最後のお言葉が一番好きであるが、父がわたしに遺言ででもあるかのように伝えたのも、世尊最後のお言葉と同じであったことを後年になって知り、いっそうありがたく思うようになった。

バヤダンマー　　すべてのものは
サンカーラー　　うつろいゆく
アッパマデーナ　　おこたらず
サンパーデートヮ　　つとめよ

思えばこの世尊最後のお言葉は、わたしを貫いてきた一本の強い延べ棒のように、わたしの背骨を貫いて、今日までわたしを鞭《むち》打ち励ましてきた。サンゴがわたしにささやくのも、まったくそうですよ、そのとおりですよ、このお言葉を忘れてはいけませんよ、というのである。ああ、来てよかったと思った。美しいサンゴ博物館の中で、父のことを思い出したのが嬉しかった。

早くこの世を去った父の言葉をさらに身に刻み込み、いっそう詩に精進してゆかねばならぬと自分に言い聞かせ、美しいサンゴたちに別れを告げた。

幼い年譜

熊本県玉名郡玉名村元玉名という、「玉」の字が三つもついているところに転居した。わたしが満六歳のときである。ここで初めてわたしたちは一軒独立した家に住むことになった。父もやっと部屋借りの生活から解放されて嬉しかったであろう。その頃の父の写真を見ると、まだ三十代とはとても思えない老成した姿で、立派な風格をもち、地方の指導者らしい威厳すらそなわっている。父の兄弟は男三人女二人で、次男坊のゆえに早くから家を出て、ひとりで生きてきたせいであったであろうか、とにかく父は年若の校長として学校と村との中心となり、全村教育をやってきたのであった。

さてこの玉名の家は、かつて幾多の人材を生んだ塾であったとかで、庭も広く眺めもよく、ちょっと近隣にない一郭をなしていた。この河畔の家こそ、コスモポリタンのわたしが忘れられないふるさととして、その後いくつかの逆境にあっても、わたしを励まし、わたしを慰めてくれた美しい思い出のところとなったのである。

三十を超える石段があり、すぐ下は広い広い河原となっていて、家は高い石垣の上に造られていた。庭園は古風で雅味があり、何にもまして自慢なのは、樹齢六百年を超えるいちい樫《がし》の大樹が、うっそうと天を覆うて茂っていることであった。家の裏にはわたしの好きな車井戸があり、からからという音はいかにも健康的で、朝の空気をふるわせて鳴り響いた。

座敷からは菊池川（わたしたちは玉名川といっていた）の豊かな流れを上下する帆掛け舟が、絵のように眺められ、春の霞《かすみ》、秋の霧、雨の日、晴れた日、大小の舟が下ったり上ったりしていた。その川を越えてはるかに山なみがそびえ、玉名平野は黄金波うつ良米の産地だった。もしわたしにこの土地でのイメージがなかったら、わたしはどんな人間になっていただろう。重なる不幸はわたしをどんな不良にしたかも知れないと思うときがある。

むろんこの家で父を失って、わたしたちは人生漂流の旅に踏み出したのであるが、そのためもあろう、よけいに思慕の念を禁ずることはできない。今あらためてここでの思い出を書こうとすると、何から書いていいのか、何もかもがごちゃごちゃになって、わたしを襲うてやまない。それほどわたしはここでの記憶を大切に保存してきているのである。

まずいちい樫の大きな木の話からしるしてゆこう。今でも、しぐれの音にまじって、いちい樫の実の落ちる音が、聞こえてくることがある。大樹が落とすいちい樫の実の音は、長い歴史の悲しみが加わっているのか、パラパラ、パラパラ、暁暗《ぎょうあん》の中に、人間的な呼吸でもするかのように間をおいて落ちるのであった。今も早く目の覚めるわたしは、子どもの頃も父母より早く目を覚まして、このいちい樫の実の落ちる音に耳をかたむけたのであった。その頃は父も元気だったし、母も張り切っていた。わたしたちにも何の心配もなかった。父のそばにいつも寝ていたわたしは父の知らない感傷をもって、このいちい樫の音を聞くことがあった。今から思うと、すでに孤独が始まっていたのであろう。早く目を覚ましていると、夜闇の中を足をひそませて近所の子どもたちが、いちい樫の実を拾いにくる。いちい樫の実は炒《い》って食べるとおいしいのだったが、わたしは一度も食べたことがなかった。いちい樫の実よりおいしいお菓子を、母がいつも作って食べさせてくれたからである。

柿も大きなものが何本かあった。この柿も食った記憶がない。若い先生たちがよくやってきては、自分の家の柿の木でもあるかのように、もいではよく村の子どもたちにやっていた。かたい柿はきっとおなかの弱いわたしには悪いので、母が食べさせなかったのかも知れない。烏《からす》がよく来て熟した実を食べていた。

料理の好きな母は、その頃の流行でもあったであろうか、美しい花形のガラス器をいくつもそろえていて、それでよくふかしパンを作ってくれた。ふかしたてのパンは先が割れて、割れたところについている紅が、花びらのように広がっていた。そんなパンはいくつ食ってもうまかった。

周囲には広い畑もついており、そこは貸してあったのであろう、村の人が野菜などを作っていた。家の門のところには蜜柑《みかん》の木が幾本かあった。そこは藪《やぶ》のようになっていて、薄荷《はっか》が群生していた。それを摘むと、プーンといい匂いがして、いつまでも手にしみて残った。薄荷の入った菓子が今もなつかしく、ドロップを買うと、まずこの薄荷の入ったものを探し出して食ってしまうのも、ここでの思い出が消えないからである。

塾であったせいか、運動場ともいってよいほどの広場があった。そこには大きな百日紅《さるすべり》の木があった。わたしたちは「こそぐりのき」といっていたが、よく枝の出ている腋《わき》のようなところを、なでさすったものだった。そうすると木は、乙女のように身をくねらせて、枝の先までうちふるえるのであった。それが面白く、日に何度もこそぐっては笑いあった。

もう一つ百日紅の思い出をしるそう。

先にも書いたように細川藩に仕えた武家の出であった母は、本ものの薙刀と稽古《けいこ》用の木の薙刀数本を嫁入り道具として持ってきたのであった。そんなことからよく父と試合をした。姉とわたしはこの父と母との試合を百日紅の下でじっと見つめた。父も熊本師範を出た人であり、弓などもやっていたので剣道も相当腕があったにちがいない。二人とも道具をつけて真剣に向かいあい、かけ声をかけ、わたりあった。しかしたいてい母が勝ち、父がまいったといった。それでもよく父と母とは試合をした。百日紅の花がはらはらと父と母とに降りかかった。

それは今思い出してもせつないほどの美しいものとして浮かんでくる。花は百日紅《ひゃくじつこう》といわれるように長い間咲いた。父が死んだときもその木の下で写真をとって、村の世話になった人と尽きぬ別れをしたのであった。

その百日紅のある庭にはあり地獄の穴があった。わたしはひとりよくこの小さな穴に、草の穂先をつき込んでは、あり地獄をひっぱり上げた。むくつけき虫が急に太陽の光を受けて、身をくねらせるのは、われながらあわれでならなかった。ひとり者のひとり遊びは、もう子どものわたしに、ある種の性格的なものさえ植えつけていたようだ。

わたしはしだいに孤独になり、本ばかり見ていた。父はわたしに『古事記』に出てくる神々の話の絵本を数冊買ってきてくれた。わたしはそれを暖かい広縁で何回も読んだ。後年わたしが古典を専攻する学問を志し、伊勢にある学校に入ろうと決心したのも、遠因はそのような幼い日の潜在的なものに由縁していたかも知れない。

第一次大戦が始まってから、父は画報のようなものをとっていた。その中にドイツ兵の悲惨な姿がたくさん載せられていた。今でも目をつむると負傷兵たちの惨状がありありと浮かんでくる。わたしが戦争嫌悪者となり、成長するにつれ、ある種の抵抗感を強く持つようになったのも、そのあまりにもいたましい画報を見たからである。こんなことを書くのも、わたしという人間を形成した大事な時代が、このいちい樫の木の家時代だったことをいいたいからにほかならない。

父は釣りが好きであった。とくに河畔の家に移ってからは、父をして何かに憑《つ》かしめたように川漁に熱中した。勤めのある日でも、決まって毎晩のように投網を持って川へ向かった。そんなとき必ずわたしを連れていった。日曜日は遠くまで出かけた。冬の寒いときは父は毎晩投網を編んでいた。わたしにも小さな投網を作ってくれていた。それほど父は自慢の網をいくつも自分で作っていた。父には漁は殺生《せっしょう》ではなかったであろう。健康のためか趣味であったか知らないが、今から考えると、それはあまりにもひどすぎるのではなかったろうか。父が早く死んだのも、確かに魚の生命を痛めすぎたのが原因だったと思う。魚たちのうらみが父をあんなに早死にさせたと、今でもわたしは思っている。それにしてもわたしが詩心というものを植えつけられたのは、父と共に漁をして歩いたからであろう。

月明の夜、雨の夜、水の清い晩、水の濁った晩、星のある夜、星のない夜、ほとんど毎夜、わたしたち父と子は、川を上から下、下から上へと、魚を追って歩いていた。鮎《あゆ》の子がキラキラと群れていた。手にすくえるほど浅いところに集まっていた。鮎には禁漁期があるので一匹もとらなかったが、足にさわってこまるぐらいいた。たらいにも入りきらないような大きな鯉《こい》をとったこともあった。鯉は勇ましい魚で、夕日の水面に幾匹も飛びあがる光景は、浅い川しか知らない今の人たちには想像もできないものであろう。父のいのちをとろうとした大きなうなぎ、グロテスクなおこぜ、声に出して鳴く黄色い魚、川の仙人のような長いひげを持つなまず、酒を飲ませて逃がしてやったかわいい亀、またあひるを飼っていたので、朝は川へ連れていき、夕べは川から連れて帰るわたしの毎日の仕事、河畔の家での思い出は尽きるものがないほどたくさんある。

生まれた家を知らない不幸なわたしだったけれど、この玉名の家での宝玉のような忘れがたいものを持っているゆえに、暗い人生も暗くならなくて突破することができたのだと思う。

後年わたしが、妻となる人を探してくれるよう母に頼んだとき、その第一の条件として、この玉名村というところから探してくださいと申し込んだのであった。母もなつかしいところだからそれを喜び探し歩いたが、適当な人がないと知らせてきた。それでこんどは玉名の村の周辺を探してくださいと手紙を出し頼んだ。母はまた尋ね歩いた。そしてこの河畔の家からほんの少し離れた隣村に生まれた人の写真が、朝鮮にいるわたしのところに送られてきた。

父が亡くなったのは大正六年の九月であったが、この人は同じ年の一月生まれである。思えばわたしがこの家にまだいるとき、すぐ近くの里で、わたしの妻となるべく運命づけられた一人の女の子が、その母の乳を飲んでいたということになる。

二章　めぐりあいのふしぎ

そのひと

日本が戦争に負けたのも、わたしがそのひとに会うためだった。わたしの不幸不運も、そのひとにめぐりあうためであった。一切がそのひととの接近のために設定されていたものであった、と考えるようになった因縁のふしぎさについて、いつかは物語ってみたく思っていました。

わたくしがそのひとに初めてお会いしたのは、昭和二十八年三月二十七日のことでした。わたしは旅のカバンの中にただ一冊、エル・グレコの本を持っていました。たくさんの聖母の絵を残した彼の本を、どういうわけで持っていったのか、今ではそれさえそのひとに会うための、神の導きだったかも知れないと思っています。そのときのわたしの年譜にも、「このひととの邂逅《かい》《こう》は、自分にとっての大回心であった」など、書きしるしているほどです。

それ以来そのひとは、もうわたしにとっては一人の人間ではなく、神に等しい、仏に等しい、本当に何といってよいか、化身のような存在になったのです。むろんそんなことを一言たりともいったことはありませんし、ひとりひそかにそう思っていただけなんですが、わたしの母がその年、急に亡くなったので、第二の母といってもよいひとだとこころに決めたりしたのですが、わたしとあまり年齢もちがわないので、お母さんとはいいませんでした。でもそのひとは別の意味で母以上のひと、この世のひとと思われないひとでした。

そのひとの有髪《うはつ》の頃のことについてはあまり知りませんが、それはわたしとは関係のないことでして、そのひともあまり申されませんでしたので、わたくしも聞こうとはいたしませんでしたが、一度だけ写真集をひもといていたときのことです。そのひとがまだ人の妻であった頃のお姿をじっと見つめていると、それあげましょうかとおっしゃるのです。ああこれは貰《もら》ってはいけないと思い、おことわりしました。そのときの気持ちはちょっと複雑ですが、その写真を通して、もう一人のひとが入ってくるからです。頭を剃《そ》っておられると女であっても女ではありません。したがって他のひとが入り込むこともありませんが、有髪だとどうしても他のひとが入り込んでくるのです。それは罪障になるものです。わたしは人間になりたいときと、なってはならないときの区別をしっかりつけようと思っていた頃だったので、よけいに心動かされたのでしょう。今ではそのような世界をいくらか離脱することができて、そのひとの前でビールなどを飲むこともありますが、その頃はまだそのような自信などありませんでした。今でもそのひとの有髪の姿のあまりにも美しく、人間以上に輝いていたのを忘れることはできませんし、どんな俳優でも、そのひとに扮《ふん》することはできないだろうと思っています。昔、勝鬘《しょうまん》夫人という方がいられましたが、きっとそのひとそっくりの方ではなかったかと、昔を今にかえして思い偲《しの》んだりしたことがあります。

いつかはそのひとの一代記というものを克明にしらべて、書いてみようと思いますが、今はただ、めぐりあいのふしぎさだけに心は一ぱいになって、そんな作家めいた心は起こってまいりませんが、そのひとの実在を世の中のひとに知ってもらうだけでも、大事なことだと思っているわたしです。

しんみんよ、お前は実在の人ならば実在の人らしく、もっと年齢や生地や生い立ちなどをはっきり書くべきではないか、どうもお前のいっていることは、夢まぼろしの世界のような気がしてならない、という人もありましょう。それはわたしにもよくわかっております。だが世尊の伝記だとて、基督《キリスト》の伝記だとて、くだっては親鸞《しんらん》の伝記だとて、何一つ実説らしいものはなく、ただ信仰の御力として書きしるされているにすぎないではないでしょうか。本当のことが書けるなら、その当時だってだれかが書いたにちがいありません。でもその方たちには、そんな肉づけは必要でなかったのです。その方たちの魂の中に占めていた美しさとか、尊さとか、偉大さとかを、しっかり守ることにいっしょうけんめいで、伝記的なことは必要でなかったのです。近世の芭蕉《ばしょう》だって、その伝記はおぼろげなものでした。やっと最近になって寿貞尼というかくし妻があったことなど、はっきりしてきましたが、そんなことを門人たちが、ひたかくしにかくしていたのではないでしょうか。この心理をわかってもらえる人もまだまだ世の中には多いと思いますが、わたしがそのひとの伝記をあえてしらべようとしないのも、わたしにとっては大事な問題ではないからです。

思えばそのひとに会うまでは、わたしは普通の人間でした。でも会って以来すっかり変わってしまったのです。それはかつてのわたしを知っている人たちが、びっくりするぐらいです。むろん変わった変わったといっても、奇術師や、変装師のように変わるはずはありませんが、見る人から見たら、ずいぶん変わりました。こんなことをいうと、何か狂信者めいたようにも聞こえますが、しかしこれは真実であるから書きしるしておこうと思います。たとえていうなら、サウロがパウロに変わった、あの変わり方と同じだと思っていただけないでしょうか。

もずが鳴きだしました。

もう夜が明けてきましょう。もずという鳥は目覚めの早い鳥で、まだ夜のとばりがかすかに残っているのに、もうカン高い声で叫びたてるのです。近頃わたしはもずの声を聞くとすぐに外に出て、暁天の祈りを捧《ささ》げているのですが、わたしは大地に立って、そのひとの健康と平安とを祈願しているのです。もう何日も便りがないので、きっとどこかお悪いのではないかと安じられて、西天の星に向かって手を合わすのですが、愚かな者にはどうしても遠くを見る力がなくて、そのひとのご様子がはっきりと浮かんできません。

そこへ行くとあのひとは実にふしぎな力を持っておられます。かつてわたしが死ぬような大患にかかったときのことです。そのひとの枕《まくら》べに聖観音さまがお立ちになり、これから四国に行ってきます、とおっしゃるので、よろしくお願いしますといわれ、そのあとすぐに筆をとってお描きになった観音さまを、お送りくださいました。まだ十七、八の若い観音さまで、じっと見つめていますと、そのひとのおん身代わりではないかと思われてなりません。聖観音さまは左手に宝瓶《ほうへい》を持っておられ、その中にはきっとふしぎな霊薬が入っていたのでしょう、わたしはそのため地獄の一丁目どころではなく、まったく入り口の近くまで引きずり込まれていた危ないいのちを救ってもらったのでした。そのひとにはそんな超人的な霊能があるのです。

先年あのひとを訪ねたときのことでした。ある大きな温泉旅館の廊下で向かい合って話をしていると、そこを通って入浴に行く人たちが、みんな合掌してゆくのです。もちろんその人たちは、そのひとがどんなひとであるかまったく知らない旅の入浴客なのです。わたくしはこのときほど、そのひとのふしぎな力を現実にこの眼で見たことはありませんでした。またそのひとはよく人の病を自分にひきうけて治してくださるのです。それが少しも奇跡的でなくて、みなそれを知らずにいるのです。

ある日のこと、お風呂の中で一人のおばあさんが、田植えの難儀なことをいい、足の裏のひび割れの痛みを訴えたそうですが、そのひとはそれを聞いてそのおばあさんと同じ症状になり、四、五日苦しまれたが、その後おばあさんに会われたときおばあさんは、世にもふしぎなことがあるものです、あなたさまにお話をしました日からすっかり痛みもとれ、これこんなにきれいになりました、と足の裏を見せたということでした。そのひとのおかげで痛みが治ったことは気がつかないで、ただふしぎだと何回もくり返していたそうです。あのひとはそんなことを自分のせいにするひとではないので、こんなことはこの他にも、数々あるのではないかと思っております。

あのひとが庭で草をひいていられると、小鳥たちがそばに降りてきて、草の中にいた虫をついばんだりしているのです。わたしはそれをこの眼で見て、あのアッシジの聖者を思い浮かべたりいたしました。犬や猫などがついてまわっているのなど、まったくほほえましい姿です。ここでもわたしはわたしの夢物語を書いているのではありません。このようなことが現に今もあることをみなの人に知ってもらい、人間がそこまで行けることの証《あかし》をしたいと思うからなのです。

わたしはこの夏一万詩の発願をしました。そのときまっさきにこのことを告げたのが、あのひとでした。一日一篇作るとしたら、二十七年と四か月かかりますし、それまではとても生きることもできないので、一日二篇作ることにすると、十三年八か月かかりますから、それぐらいなら生きられると思うのです。そのようなことをいいましたら、さっそく手紙がまいりまして、念願成就の日はお祝いに、お茶をたててくださるという嬉《うれ》しい便りをいただきました。わたくしは千万力を得たような気がいたしまして、一途《いちず》に専念し、そのひとと向かい合って、楽しいひとときを過ごそうと、今から胸躍らせています。

もっともっと語りたいことはたくさんありますが、あまり書きしるすと、掌中の珠《たま》を失うような気もしますので、このくらいにしておきます。いつかまたペンをとって、新たにあのひとの姿や、においや、人間を超えたふしぎな美しさなどについてしるしてみたいと思っています。

西へ行く雲を仰げば雲さへや
そのひとの許《もと》にひた急ぐらし

風の中で

わたしは杉村春苔尼《しゅんたいに》というお方にめぐりあわなかったら、どうなっていただろうか。わたしの「めぐりあい」という詩の一節に、

大いなる一人のひととのめぐりあいが
わたしをすっかり変えてしまった
暗いものが明るいものとなり
信ぜられなかったものが信ぜられるようになり
何もかもがわたしに呼びかけ
わたしとつながりを持つ親しい存在となった

というのがある。八歳のとき父の急逝に会い、わたしたちは貧乏のどん底に落ちた。そして坂ばかりの山村に移り住んで、母と残された小さい五人の生活が始まった。

わたしはまず草履を作ることを習い、それをはいて谷間の小さい複式の学校に通った。学校は面白くもなく友もなかった。そうしてしだいに、わたしは内気な孤独な少年となっていった。母は立派な体格だったが、わたしは痩《や》せて小さかった。中学（今の高校）に行っても一番小さいので面白くなかった。そのうち軍事教練が開始され、またいやなものがふえた。わたしは歩兵銃よりも小さいので、騎兵銃を持たされた。発火演習のときなんか、他の生徒たちはいい音を出して前進するのに、騎兵銃にはたまはなかった。そんな者が三人いた。中学を卒《お》えて上の学校に進んだが、そこもまたわたしの性格にはあまり合わなかった。

わたしの青春は暗かった。ただ三十一文字の短歌を作ることによって、自己と戦い、自己を守り、社会に抵抗し、危機を脱したといってもよい。そういうわたしだから、わたしの目は他の若者とちがい、虚無と不信に満ちていた。生きることすら、わたしには嬉しいことではなかった。

わたしが若くして日本を脱出し朝鮮に渡ったのも、なんとかして新しい土地で、新しい自己を見いだしたかったからである。でもやがて東亜の空は暗くなり、何もかもがわたしの思いとはちがったものになっていった。その頃のわたしの短歌に、

読みゆけど孔子《こうし》の言は胸さざず窓べの星をしばし仰ぎぬ

朝雲におもひをよするゆとりさへ遠き世界となりゆくらむか

というのがある。そうしてわたしのような弱い体の者にも赤紙の召集令状がくるようになり、ますます暗い時代となっていった。そしてついに戦争は祖国を灰土にさせて、無条件降伏をし、わたしは無一物で九州に引き揚げてきた。そういうことを書いているときりがないが、日本が戦争に負けたことによって、わたくしは回心の師、杉村春苔尼先生とめぐりあう、ふしぎな糸が結ばれたのである。むろんわたしはそれまでにいろいろな方にめぐりあって、出会いのふしぎは何回も体験してきた。わたしが今日あるのは、そういう方々に出会って、生かされてきたからといってもよい。だがそうした方々はわたしの一切を変えるまでの人ではなかった。この方だけがわたしのすべてを変えてくださったのである。

道元《どうげん》は如浄《にょじょう》に出会った。親鸞は法然《ほうねん》に出会った。それと同じようにわたくしは杉村春苔尼という方に出会った。思えば真の出会いというものは自己を変え、世界を変えるのである。わたしの詩に、

母からは骨肉を貰い
先生からは
仏心を頂いた
ああ
この二つの
大きな恩恵よ

というのがある。

先生の出家剃髪《ていはつ》は、実に小説的で劇的である。そういうことについては、いつか語る日もあろう。霊能を持ち、禅の教養深く、叡知《えいち》と慈悲に光り輝く、すぐれた才と技とを持っておられた。

わたしが先生に初めてお会いしたのは、昭和二十八年三月二十七日であった。わたしはこの日を忘れることはできない。それはわたしの新しい人生が始まった日だからである。わたしはその日以来、詩母さまと呼び敬仰してきた。しかしいつかは別離がくる。それはどうすることもできない無常の風である。先生は昭和五十二年六月十一日に亡くなられた。いや霊となり、新しいお姿になられた。

風の中にわたしは立つ。風の中で先生を思う。それは今までの風とちがって、いのちと光とを持つ風である。わたしをさらに生かし、さらに励まし、さらに見守り、さらに導いてくれる風である。

三章　二度とない人生だから

二度とない人生だから

二度とない人生だから
二度とない人生だから
一輪の花にも
無限の愛を
そそいでゆこう
一羽の鳥の声にも
無心の耳を
かたむけてゆこう

わたしは花の人釈尊《しゃくそん》が好きだから、花に心ひかれ、花から多くのことを学んできた。

また、わたしは酉年生《とりどし》まれだから、鳥が好きであり、鳥から多くのことを教えられてきた。

だからこのような詩が生まれてきたものと思う。

わたしは小さいとき赤痢にかかり、村の避病舎に出された。そのとき、母が一番いい着物を着せて送り出そうとしたら「どうせ死んで焼かれるのだから、いい着物は着てゆかない」といって、母を悲しませたという。

母は立派な体格だったが、その長男のわたしは、目ばかり大きくて、感受性の強い、ひ弱な子どもだった。八歳のとき、父が急に亡くなり、いよいよ人間のいのちを見つめるものが、わたしの心の中に大きく芽生えはじめていた。

後年神道の学校を出ながら、仏教にかたむいていったのも、少年時代から成長していた無常というものに、心ひかれたからであろう。

人を見る目、世の中を見る目、肉親を見る目、山河草木鳥獣虫魚を見る目、すべてわたしはこの「二度とない人生だから」というものが、その根底になっていった。

人生は一度きりだという考え方は、人間を二つに分ける。

一つは人をよいほうに向け、一つは人を悪いほうに向ける。

どうせこの世は一回きりだ、太く短く面白くぱっとゆこうという者は、後者の人間となり、この世は二度とないのだから、生きられるだけ生きて、生まれてきた意義を見いだし、世のため人のため何かをしてゆこう、という人は前者の人となる。

世尊の教えは無常を説いて、その無常の中を生き抜く人間の強さ美しさを、八十年の生涯身をもって示されたものである。

さてこの詩は七節からなるものであるが、わたしの好きなものを、もう一つあげよう。

二度とない人生だから
つゆくさのつゆにも
めぐりあいのふしぎを思い
足をとどめてみつめてゆこう

冬花冬心

小さいときから腺《せん》病質で体の弱かったわたしは、冬のくるのがこわかった。冬は何か悪魔のように悪意を持って、わたしに向かってくるような思いで恐れおののいていた。とくに貧しい者たちには、冬は無情である。今とちがってわたしたちの少年時代には、風は家の中を吹き抜けていった。ぬくぬくと暖をとるような家は数えるほどしかなかった。急に父が亡くなって広い屋敷から、小さい古い家に移り住んだわたしたちには、冬との戦いもまた苦しいものとなった。冬はなさけ容赦もなく、母と五人の幼子たちのうえに、冷たい刃を見せるのであった。そういうわけで冬生まれのわたしでありながら、冬にはまったく親しみというものがなかった。いや冬は敵だと長い間思い込んで、冬のくる前から身をかため防戦してきた。これが三十代までのわたしの姿である。

仏縁というものはふしぎなものである。わたしをすっかり一変させてしまった。わたしは何もかも変わってしまった。わたしはこれを輪廻《りんね》のふしぎといっているが、対社会観、対人間観、対自然観、すべてが一変した。つまりひっくり返ってしまったのである。そうすると恐れおびえていた冬への敵意も消え、冬生まれた自分に対する天地の恩寵《おんちょう》というようなものが、わたしの心に芽生え、それが大きく伸び広がっていった。その頃である。十代のときから作りつづけてきた短歌と別れを告げて、詩に転じていったのは。これもまた大きな変化であった。

仏の教えに接するようになって、わたしは体も心も一新した。冬中風邪をひき、のどを痛め発熱していた者が、ほとんど風邪をひかなくなり、のどの病魔もいつの間にか退散した。そしてわたしの詩に冬礼賛の作品が生まれはじめた。

冬がきたら

冬がきたら
うすら陽《ひ》ざしのなかに咲く
冬花のつつましさを

じっと見つめてゆこう
冬花の持つ香気と清純さとを
わが体のなかに浸透《しんとう》させよう

茶の花

茶の花が
もう咲いている
垣根に
かすかに
ほんのりと
わたしも
ひさしぶり

お茶をたてよう
ひとりしずかに
しんみりと

こちらが変われば向こうも変わる。これはわたしが仏の教えから得た自覚であった。自覚とは文字どおりおのずから目覚めることである。わたしは生きることが嬉《うれ》しくなった。明るいものが展開してきた。冬はもうわたしの師父となった。

冬の花たちがわたしに呼びかけてきた。冬の持つリンリンとしたものが、弱かった背骨を強くした。

冬の子は
冬の子らしく
凜々《りんりん》と

生きてゆこう
風よ鳴れ
雲よ飛べ

という詩のように、冬がわたしと一体になってきた。詩一筋に生きようとするわたしに、冬は何よりの励ましとなってくれ、力となってくれた。わたしは冬生まれたことを感謝し、冬が持つ深さに徹する詩人になりたいと念じた。

冬生まれの真民よ
冬生まれのしんみんよ
冬のものを食え
冬のものを愛せよ
冬のものと親しめ

冬はお前にいろいろのことを
教えてくれるだろう
沈黙
脱落
勇猛
不屈
孤独
克己
そうした冬の性格を
身につけてくれるだろう
冬生まれのしんみんよ
冬を見つめろ

冬のいのちに触れろ

一月六日が誕生日である。
わたしの好きな水仙が、毎年よい香りを放ち祝意を表してくれる。

裸木の美

わたしは冬生まれであるから、冬の花が好きである。しかしそれにもまして裸木が好きである。蒼天《そうてん》に屹立《きつりつ》する裸木の美しさは、神々しいものを与えてくれる。あれはもう木ではなくて、仏であり菩薩《ぼさつ》である。立派なお寺の中にいられる仏や菩薩さまより、わたしはこの野の仏、野の菩薩たちに頭をさげ、心を通わせ、近づいては両手でなで、その生命に触れ、人間とのめぐりあい以上の喜びさえ感ずる。そこには孤独者と孤独者とのひそかな対話が始まり、長い歴史のなかに生きてきた大木たちのさまざまな悲喜の話を、聞かせてもらう。

裸木に心ひかれるのは、裸木になってからの無衣の姿の簡素な美しさであるが、わたしはもう一つ、とりどりの衣を脱ぐ前の装美に心ひかれる。いくたびかしぐれが降り、そのひとしぐれごとに、己を染めてゆく木々たちの心構えは、わたしに限りない愛憐《あいれん》の情を誘ってゆく。

紅葉の美しさは、日本の持つ一つの大きな誇りであろう。木々はとりどりのあでやかさを、あまり物語ろうとせぬだけに、いっそうこころにしむものがある。わたしはその頃になると、木々たちの姿が浮かんできて、不眠がいよいよ増してくる。わけてもわたしの瞼《まぶた》に浮かんでくるのは、朴《ほお》たちのことである。

『朴』という一冊の詩集を編んだほど、わたしには朴のことが、人間以上に思われてならない。わたしの家にある朴は、愛知県の山中にあった。縁あって四国までやってきたものだけに、わたしには愛着が深く、今年はあの大きな落ち葉を集めて、朴枕《ほおまくら》さえ作ったほどであった。眠っている間も、朴の魂に触れて楽しみたいと念じたからである。

裸木はみないいが、わけても欅《けやき》は実にいい。朴が男性的なら、欅は女性的である。枝々がこまやかで、せんさいで、お互いに組み合って、見事な美をなしている。いかなる名工も及ばない造形美である。下から仰ぐと、深々とした冬の空の静かに澄みきった色が、枝々を通して一きわしみ入るように感じられ、わたしはああこれが華厳経《けごんきょう》の華厳だなあと思ったりして、飽きることなく眺めていることがある。こういうときは、木々はもう木でなく、神であり仏であり菩薩であり、百年の知己である。

今年はわたしにとって、一つの新しい年となるが、それゆえいっそう裸木がわたしの心をひくのである。それは昨年、わたしは自分が呱々《ここ》の声をあげた家を初めて訪れ、わたしの産声を知っている古い柱をなでながら、裸で生まれたわたしはもう一度裸になって、人生を本当に生きはじめたいと思ったからである。それゆえ、二足のわらじをはいては駄目だ、ただ一足のわらじをはいて、脱衣脱皮し、真の詩人の境涯に生きてこそ、わたしを見守っていてくださる母にこたえたてまつることができるのだ、と自分に言い聞かせ誓ったからである。

思えば長い間、他に依存しての俸給生活者であった。それは能力の乏しいわたしには、仕方のないことであった。しかしもうこれ以上は許されないものであることを自覚して、わたしは決心した。どこまで行き得るかわからないが、百尺竿頭《かんとう》一歩を進めて、最後の仕事をしたいと思う。それだけに今年は落葉樹たちの心と姿とに、とくにひかれるのである。

裸木に会いに行く日は
晴れた日がいい
冬空の深い青を通して
心静かに
じっと仰ぐがよい
息をとめて
枝々のこまやかな美しさに
じっと見入るがよい
木々たちはいろいろのことを
語ってくれるであろう
そして語り終えたら

その根もとに坐《ざ》して
じっと瞑想《めいそう》にふけるのもよい
感極まったら
般若心 経《はんにゃしんぎょう》でも
観音経でもよい
声高らかにとなえ
木々たちに聞かせてやるのもよい
川は流れの音をとめ
鳥は鳴くのをやめ
じっと聴き入るであろう
その時一本の木が
八万四千のお経の意味を

豁然《かつぜん》と知らせてくれるかも知れぬ
いやそんなことなど一切思わずに
裸木と一つになって
所縁《ゆかり》のひとときを楽しむがよい
騒然となってゆく世の中にも
限りない静けさがあるものだ

守られて生きる

わたしが毎月刊行している念願詩誌『詩国』に、最近こんな詩を載せた。

こおろぎ賛

みんな眠っているが
家の上には
星々が光り輝き
家のまわりには
こおろぎたちが
一晩中鳴いている

守られて眠っていることを
知ってください
こんなにも美しく
星々が光り輝き

こんなにも優しく
虫たちが鳴いているのです

これは十節から成る詩の一部である。

わたしはほとんどの人がとても信じてくださらぬほどの早い時間に起きて、じっと天地の声に耳を傾け、詩を書いているのであるが、こうしたとき一番感ずるのは、守られて生きているということである。

遊びごとや生活の疲れでぐっすり寝て、夜の明けるのも知らないあけくれを過ごしている人は、一度もそのようなことを自覚せずに終わるであろう。守ってくれているのは飼い犬であり、周囲の高い塀であると思っている人も多いであろう。そしてこの美しい天上の星々の意志も、優しい地上の虫たちの念唱も、考えてみることなく生涯を終わるであろう。

わたしは小さいときから早起きであった。まだ父も母も健在で、家には何の不幸の影も射《さ》していなかったが、ずいぶん早くから目を覚まして、村一番の大木といわれていた、いちい樫《がし》の木に鳴くふくろうの声を聞いたり、夜明けのしじまの中をパラパラと音をたてて落ちるいちい樫の実の心を思ったりした。

ふくろうはロビンソン・クルーソーの話を聞かせてくれたし、いちい樫の木は渡り鳥たちが話してくれた遠い国のいろいろな物語を知らせてくれた。しかしそんな楽しいあけくれも長くは続かず、父の急逝で、このいちい樫の木とも別れねばならなくなった。そうした思い出を持つわたしは、今もなおこの夜明けのひとときが、何ともいえず楽しいのである。多くの人はいうだろう。守られて生きる、なんてあるものか。公害を見よ、交通禍を見よ、台風洪水の惨害を見よ、と。その気持ちはわたしとてもよくわかる。わかるからわたしはあえていいたい。守られて生きる世への一歩一歩の前進を、大いなる宇宙の意志に沿う人間の努力を。

わたしは仏教信仰者だから、世尊が生まれたインドのヒマラヤ大連峰の荘厳さをいつも思い浮かべ、ひいてはこの地球を本当に愛してゆかねばならない、それが地球人すべての信仰であり、宗教であらねばならないと痛感し、念願詩誌『詩国』を刊行している。これは最初『ペルソナ』と題して発刊したものであるが、わたしに個から衆への自覚が生まれ、改題したものである。それは一人の悟り、一人の救いの時代は終わった。地球全体、人類全体が大事だと思ったからである。一粒の米にも一匹の魚にも一束の野菜にも、われわれの骨をむしばむ有毒物が混入している。だからこそわたくしたちは、天が何を呼びかけ、地が何を訴えているか、それをしっかと聞きとめなければ、いつかは死に果てた地球となってしまうであろう。

天に向かって
声を限りに
鳴くもののよさ
ひばり
くまぜみ
秋の虫

わたしには一羽の鳥の声も、一匹の虫の声も、かかわりのないものとは思えない。木々が紅葉して散ってゆくのも、あるいはあの七色の虹《にじ》が、あるときは山から山へ、あるときは海から海へ立つのも、天の意志が動いているものだと思う。決して無縁なものではないのである。

「守られて生きる」所縁の深さを説いた人が、仏陀《ぶっだ》世尊であった わたしたちもその大いなる遺志を受け継いで、世のため人のため働いてゆこう。山陰の羊歯《しだ》を見ても、三十億年の長い歴史を持って生きつづけているのである。小さい国に住んでいると、考えも小さくなる。中国との国交もひらけてきた。広い視野に立って生きてゆこう。

花一輪の自己

無明とは明るさが無いと書く。まったく今の日本を見渡してみると、どこにも明るさが無い。

わたしが、「海の貝さえ」と題して、

山だけが
火を吐くのではない

石も叫ぶ
木も唸《うな》る
海の貝さえ
嘆きを綴《つづ》る

と日本の公害をうたい、貝に代わって抗議したのは、ずいぶん前のことであった。

わたしは、久しぶりに郷里熊本に帰ったおり、何としても公害の大元凶である水俣《みなまた》チッソ工場を見、水俣湾の魚たちの嘆きの声を聞いてこなければと思い、天草五橋観光の話などには耳をかさず、車を飛ばせてもらい、水俣の土を踏んできた。

その日は集中豪雨といってもよい悪天候になり、引き返せといわんばかりに降ってきたが、こんな日に水俣に行くのも、かえって思いの深まるのを覚えるのであった。幸い水俣に着く頃は雨もいくらか静まり、昼食をとって外に出ると、奇跡のようにやんでいた。

わたしたちは、まず工場の裏側から入り込み、ドロドロの廃液の一大プールに立った。草一本生えていないまったくの死の泥のかたまりのプールなのである。わたしはその前年、岐阜県神岡町の神岡鉱山を訪れたのであるが、そのときとまったくちがった一大戦慄《せんりつ》と怒りとを感じた。これこそ無明だと思った。実に何ともいえないいやな煙が、雨雲の垂れ込めている空へのぼっていて、どこからともなく烏《からす》の声がした。わたしにはそれが、この工場の排出した水銀のため死んだ人たちの怨霊《おんりょう》の声のように思われてならなかった。人影はわたしたちだけだった。わたしはまっ赤に染まった石を拾い、記念として持ち帰ることにした。

鎌倉時代の無明は、道元《どうげん》、日蓮《にちれん》、法然《ほうねん》、親鸞《しんらん》、一遍《いっぺん》らによって、その闇《やみ》を取り除くことができたが、今日のこの闇は、そうたやすく取り除くことはできないであろう。空気にも海水にも米粒にも牛乳にも母乳にさえも、無明非道の公害が入り込んでしまったのである。そしてこの無明の闇は深まるばかりである。思えば鎌倉時代の闇は、ほのかな曙光《しょっこう》を持っていたが、昭和のこの闇は、何一つ持っていないのである。

ではそのような時代をどうすればよいのか。どうしたら生きてゆくことができるのか。それが「花一輪の自己」なのである。わたしの詩の中に次のようなものがある。

バスのなかで
この地球は一万年後
どうなるかわからない
いや明日
どうなるかわからない
そのような思いで
こみあうバスに乗っていると
一人の少女が
きれいな花を
自分よりも大事そうに
高々とさしあげて
乗り込んできた

その時わたしは思った
ああこれでよいのだ
たとい明日
この地球がどうなろうと
このような愛こそ
人の世の美しさなのだ
たとえ核戦争で
この地球が破壊されようと
そのぎりぎりの時まで
こうした愛を失わずに行こうと
涙ぐましいまで清められるものを感じた
いい匂《にお》いを放つまっ白い花であった

わたしは夕顔の花が好きである。夕闇が迫るころ咲き出し、何ともいえない風情を与えてくれる。日本人はこういうほのかな花を好んできた。かすかななかにいのちを見いだし、生きる力や喜びを感じとってきたのである。

こういう民族は世界のどこにもないと思う。つまり「花一輪の自己」を、いつの時代にも持ちつづけてきたのであった。

考えてみると、どの国にもない美の宗教があったのである。わたしは日本を救うのはこれより他にないと思う。

水俣から帰る途中、車のガソリンがなくなったので、ふと立ち寄ったら、店員が走ってきて車をふき、きれいな花束までくれるのであった。若い店員はにこにこして「またよろしくお願いします」と手を振るのであった。

わたしは水俣での重い心が一時にとれてゆくのを感じた。

鳥は飛ばねばならぬ

「花開き蝶《ちょう》来り、蝶来り花開く」という良寛の詩句がなつかしくなりだすと、鳥たちの移動期が始まる。日本にやってくる鳥、日本から去ってゆく鳥、鳥たちの心はもういっときもじっとしておれなくて、飛んでゆく遠い国々、島々のことが浮かんでくる。親子親族共々羽をそろえて飛んでゆく、あの渡り鳥たちの世界は、一ところに定着して世事にあくせくしている者たちにとっては、何という壮大なロマンであろう。多くの危険もあるであろうが、それだけに多くの喜びもある。わたしはあの大空を飛んでゆく鳥たちを思うと、人間に生まれたことが、むしろ不幸であったような気さえしてくる。とくにわたしは酉年生まれだから、彼らに対して一族のような思いさえしてきてならず、年をとるにつれ、だんだん鳥になってゆくようなふしぎな自分を発見して、びっくりすることがある。

ある年の最初の暁、「鳥は飛ばねばならぬ」という詩が生まれてきた。書いてみよう。

鳥は飛ばねばならぬ
鳥は飛ばねばならぬ
人は生きねばならぬ
怒濤《どとう》の海を
飛びゆく鳥のように
混沌《こんとん》の世を
生きねばならぬ
鳥は本能的に
暗黒を突破すれば
光明の島に着くことを知っている
そのように人も

一寸先は闇ではなく
光であることを知らねばならぬ
新しい年を迎えた日の朝
わたしに与えられた命題
鳥は飛ばねばならぬ
人は生きねばならぬ

先にわたしが大きな意義といったのは、わたしの心の中に起きてきた死生観の変化である。世尊が八十年の生涯を身をもって示されたのは「人は生きねばならぬ」ということだったのだと知ったのである。

とかくわたしは今までよく人に「いつ死んでもいいのだ」といってきた。またそれだけわたし自身も一時一刻を大事にして、詩精進してきた。今倒れても自分自身を責める何ものも持たないぎりぎりの線で、仕事をしてきた。詩は死であるともいってきた。しかし本当の生、本当の死というものは、そんなものではない。もっと豊かなものだ。もっとキラキラしているものだ、もっと生き生きしているものだ、世尊その人をよく見よ、と自分に言い聞かせ、これまでとちがった死生の車を動かしはじめたのである。

この詩が生まれた年の冬は悪性の風邪が流行して、くる手紙ごとに、その安否を問うものばかりであった。妻は寝込んでしまい、いまだにもとの体にならずにいるが、わたしは未明こんとんの二時に招喚起床するあけくれを続けながら、ふしぎに元気である。

きっとこれはわたしの心の大きな変化からきているのだろう。わたしを訪ねてこられる方たちが、近頃お顔が以前とちがってこられましたね、といわれる。わたしは春近い日射《ひざ》しの部屋で「娑婆《しゃば》世界に遊ぶ」という、『観音経』の中の言葉を書いたりした。遊ぶがごとく生きるさわやかなものが、やっとわたしの前に展開してきたような思いがする。

鳥は飛ばねばならぬ
人は生きねばならぬ

足の裏の美

尊いのは足の裏である

尊いのは
頭でなく
手でなく
足の裏である

一生人に知られず
一生きたない処《ところ》と接し

黙々として
その努めを果たしてゆく
足の裏が教えるもの
しんみんよ
足の裏的な仕事をし
足の裏的な人間になれ

これはわたしの「尊いのは足の裏である」という詩の一節であるが、わたしが足の裏の礼賛者になったのは、参禅をしてしみじみと足の裏を見るようになってからである。あるときはひとり山上に坐《ざ》して、足の裏を太陽に向けて日の光を当ててやったり、あるときは月下に坐して、月の光を当ててやることもあった。

本当の目は足の裏についており、本当の呼吸は足の裏でするということを知ったのも、打坐をするようになってからである。その頃の詩に次のようなものがある。

足の裏の美

わたしに足の裏の美しさを
知らせて下さったのは
仏陀世尊であった
わたしはその人の足に
額を当てて
いのちの交流を乞《こ》うた

原始仏教徒は釈迦《しやか》の足の裏を拝んだ。八十歳まで熱砂の土を踏みしめて、衆生を済度された、あの尊い美しい光る大きな足の裏に合掌した。そういうところに心ひかれて、わたしは仏教徒になったのである。それ以来わたしは朝起きると顔を洗うように、夜は必ず足の裏を洗って、一日の労に感謝し、寝ることにした。そのためであろうか、冷えて眠れなかった足がほかほかして、よく眠れるようになり、風邪もほとんどひかなくなった。虚弱なわたしが今日まで生きているのも、足の裏が喜んでわたしを守ってくれているのだろう。

先に紹介した「尊いのは足の裏である」という詩の後半は次のようなものである。

頭から
光が出る
まだまだだめ

額から
光が出る
まだまだいかん

足の裏から

光が出る
そのような方こそ
本当に偉い人である

わたしは近くの河原から見つけた天下一品の仏足石を持っている。ちゃんと法輪も入っており、まことに珍しい自然の仏足石である。

すべては光る

すべては光る
光る

光る
すべては
光る
光らないものは
ひとつとしてない
みずから
光らないものは
他から
光を受けて
光る

この詩はわたしの好きなものの一つであり、わたしの詩と信仰の根幹ともいってよい。この詩は詩集『朴』の終わりのほうに載っているもので、ここまでくるには、長い歳月が必要だった。わたしは何もかも晩成《おくて》の人間だから、人が十年かかるところを、その三倍の三十年くらいかかる。だからこの詩もすぐれた人なら何でもないことかも知れないが、わたしは悪戦苦闘し四苦八苦して到達したのである。むろんこの詩の生命は、みずから光らないものは他から光を受けて光る、というところにあるのであって、わたしはこれを返照の光とも、返照の心とも、返照の世界ともいっている。

わたしは生まれつき体も弱く性格も弱く、才もなく能もない。それでいて今日まで生きてきた、いや生かされてきた。そのことに気づいたとき、この詩が生まれてきたのである。永遠の生命を持つ大いなるものに守られている自分を知ったのである。それは大宇宙との結びつきといってもよかった。これはわたしにとって何ともいえない歓喜であった。それ以来、世界を見る目、人間を見る目、万象を見る目が変わってきた。わたしの生き方も変わってきた。選ばれた者だけが光るのではなく、光らない者でも光らせてくださるのだという、明るいものがわたしの胸に満ちてきた。

わたしはみずから光る太陽も偉大だと思う。しかし太陽の光を受けて光り返す月に、何ともいえない親近感と慈愛とを持つのである。時には大きな光の環《わ》ができて、安らかに眠っている人々を、静かに守り照らしているのである。そういう美しい月を仰いで、宇宙の心というものを知り、わたしもしみじみと、人間と人間との光の環を、大きく広げてゆきたい思念に燃えるのである。

ねがい

ねがい
あなたに合わせる手を
だれにも合わせるまで
愛の心をお与え下さい

どんなに私を苦しめる人をも
すべてをゆるすまで
広い心をお授け下さい

これはわたしの第三詩集『かなしきのうた』の中にある詩である。かなしきとは鍛冶《かじ》屋さんが鉄槌《かなづち》を打ちおろすとき、下で受ける厚い鉄床《かなとこ》のことである。この題名が示すとおり、その頃はわたしが一番生きるのに苦しんでいたときであった。毎日毎日が鉄槌でたたかれる鉄床の悲しみを、身に受けていた。そのために肉体も精神も弱った。それで仏陀に救いを求め、坐に専念した。題名となった「かなしきのうた」という詩の一節に、

たたけたたけ
思う存分たたけ
おれは黙って

たたかれる
たたくだけ
たたかれる

存在のために
真実のために
飛躍のために
脱却のために

というのがある。今から思うと大試練のときであったろう。先の「ねがい」の詩は、そうした炎の中から生まれてきたものである。だから実感がこもっているのかも知れない。私の数多くの「ねがい」の詩のなかで、最も愛誦《あいしよう》され、梵鐘《ぼんしよう》にまで刻み込まれた。この詩は鐘の左面に刻まれ、右面にはこれも『かなしきのうた』に出てくる、次の詩が刻まれた。

生きてゆく力がなくなるとき

死のうと思う日はないが
生きてゆく力がなくなることがある
そんなときお寺を訪ね
わたしはひとり
仏陀の前に坐《すわ》ってくる
力わき明日を思うこころが
出てくるまで坐ってくる

字はわたしが書いたので、わたしにとって本当にありがたい梵鐘である。わたしは海雲山妙厳寺にお参りし、その鐘を撞《つ》かせていただいた。殷々《いんいん》と鳴り響く妙音が、八雲立つ出雲《いずも》の山にこだまし、わたしは余韻が消えても手を合わせていた。

湧出

わたしの詩に次のようなものがある。

旅

仏さまは
どこにも
いなさるという
体験をさせてくださる
旅のありがたさよ

ある年、伊予吉田駅の切符を持って汽車に乗り、三河吉田駅に降りたことがある。どこの駅でもそうであるが、みなそれぞれの方向に散ってゆき、あとはまたがらんとしたさびしさに返る。そんなときほど旅人のわびしさをひしひしと感じさせるものはない。わたしはTさんからもらったはがきを手に握っていたけれど、どう行ったらよいか皆目わからない。だれに尋ねてよいか、そんな人の影も見当たらない。いつまで駅に立っていても仕方がないので十メートルぐらい歩いたろうか、すると降って湧《わ》いたように黒いコウモリ傘をさした人が、路上に現れた。そこでわたしは足早に近づいてその人に持っているはがきを見せ、これから訪ねてゆく人の姓名を告げた。するとその人は、本当にびっくりなさって、「あなたが坂村さんですか、わたしはTの父です。Tはあなたの来るのを待っていましたよ。妙なところに住んでいますから、わかりにくいです。わたしがご案内いたします」といわれるのであった。

その頃Tさんは、立派なお寺を出てしまい、町のはずれの火葬場であったところに四畳半一間の家を建て、妻子を連れて世捨て人のように住み、托鉢《たくはつ》をして生きておられた。つまり出家出離の生活をしておられたのである。翌日このふしぎな出会いの話を、信者さんたちの集まりで話したら、あるおばあさんなど涙を流して喜ばれた。今Tさんは大学の教授であるが、この人の哲学を支えているのは、この四畳半一間だけの家でのきびしい求道《ぐどう》体験であろう。わたしもこのときのことが今も鮮烈に浮かんでくる。

もう一つ書こう。

これはわたくしの参禅の師である河野宗寛老師が、臨済宗方広寺派の管長になられたときのことである。お祝いを述べるため四国から静岡県の奥山に行ったのであるが、浜松の駅に降りて奥山行きの支線に乗り換えるとき、旅慣れぬわたしは乗るホームをまちがえ、すっかり時間をつぶしてしまい、支線の小さい駅に降りたときは、もう日は暮れてしまい、小さい雨まで降ってきた。これからまったく知らぬ山道をいったいどうして行くか。奥山という名のとおり、道は山にさしかかっている。東西南北もわからぬ。聞く人もなく家もない。困り果てていると、このときも暗い大地に降って湧いたように、一人の人が前方を歩いている。走り近づいて、方広寺に行くこと、まったく道もわからず困っていることを話すと、その人は自分も奥山へ行くんです、お供しましょう、といわれるのである。少し明るいところに出たら、その人はまだ若い雲水さんであった。

法華経に湧出品《ゆじゆつぽん》というのがある。わたしはこの湧出の菩薩さまの話が好きなのである。

呼応

呼応
呼応こそ
わが詩の骨髄
わが詩の生命
すばるよ
タンポポ堂の
真上にまたたけ

これはわたしの自選詩集の中の詩であるが、呼応というのは、わたしの好きな言葉である。好きというより、呼応の中に生きているといったほうが適切かも知れない。わたしの詩集を読んでもらえばわかるのであるが、石が呼ぶ、朴が呼ぶ、タンポポが呼ぶというような詩がいくつも出てくる。本当に、そうした天地自然のものが、わたしを呼んでいるのである。わたしはそれにこたえるつもりで旅をし、詩を作り、日々を過ごしているといってよかろう。『八木重吉詩集』とのめぐりあいも、彼の詩集がわたしを呼びとめた、といっても過言ではない。彼も呼応の詩人だったのである。

よぶがゆえに
みえきたるものあり
よぶことなければきえゆくものあり

をはじめとして呼び呼ばれ多くの詩を作っている。どれもみなわたしの好きな詩で、何べん読んでも飽きることがない。

観世音菩薩というみ名も、世間の者たちの呼ぶ声を聞きつけて、すぐに飛んできてくださる、すごい耳の持ち主の菩薩さまだからである。だから呼ばねばならぬ。赤ん坊でも黙ってすやすや眠ってばかりいたら、お母さんもつい乳をやるのを忘れてしまうかも知れぬ。大きな声で泣きあげるから、飛んできて乳を飲ますのである。神さまでも仏さまでもまったくこれと同じである。

やっほーうというと、山もやっほーうといって答えてくれる。このように呼応は、天地自然の姿なのである。ところが現今、人間の社会ではこれが破壊され、呼んでも答えてくれない異変が起きてきている。そしてこの断絶の現象は、深く大きくなりつつある。

わたしは毎日未明こんとんに起きて書くノートに、招喚何時何分としるしているが、それは招き喚《よ》ばれて目が覚めるのだと思っているからである。だからほとんど午前二時には起床するが、少しも苦痛ではない。喜んで起きるのである。わたしは平凡な人間だから、何でもそんなに思って行動していると、案外むずかしい事柄も解決し、また少々無理をしても病気にかからぬようである。

わたしはタンポポが好きだから、タンポポたちを呼んでいると、タンポポたちもそれにこたえて、インドから、アメリカから、イギリスから、スイスから、ノルウェーから、ギリシアから、タンポポたちが、タンポポ堂にやってくる。それは本当に嬉しいことである。

一という字

一字一輪
字は一字でいい
一字にこもる
力を知れ
花は一輪でいい

一輪にこもる
命を知れ

わたしはこの一が好きである。算用数字は上から下に書くが、漢字の一は横に書く。天空から引き下ろすのも、横に大地無辺と引いてゆくのも、共に好きであって、わたしの詩には、一途とか、一心とか、一会とか、一を使った詩がよく出てくる。時宗の開祖一遍上人が好きになったのも、一につながる文字縁かも知れない。とにかく芭蕉《ばしょう》ではないが、無能無才にして、この一筋につながるというのは、わたしの生き方なのである。百尺竿頭一歩を進むとか、万里一条鉄とか、一即多、多即一などの言葉が示す深い意義を、わたしはわたしなりに、信仰や詩作のなかで生かしてきたのであった。わたしは筆を使うとき、硯《すずり》に墨が残っていると、墨のある限り一の字を書く。書いても書いても一の字は、無限の広がりを持って遠い次元に誘ってゆく。わたしは東洋人だし、また仏教が好きだから、この平等無辺の一の字に、深い愛着を感じる。私の詩に、

一音にも華厳があり
一花にも華厳があり
一呼吸にも華厳がある

というのがあるが、万有一如の華厳の世界を本当に世界人類が知ることができたら、争いも少なくなり、いつかは仏陀の願いであるユニテ（一致）が実現できると、わたしは毎暁大地に立って祈っている。

わたしは長い間「夢」という一字の軸をかけていた。これは足利紫山《しざん》老師九十七歳のときの書であって、実にいい字である。老師は百一歳まで生きられたが、この一字の中に、『一切経』が含まれているような、何ともいえない尊さとありがたさを感じ、手を合わせるのであった。

あるとき書道展に行ったら、一の字一つ書いたのがあって、それが実によかった。青墨の薄い色を使って書いてあったが、しばらくわたしはその前に立っていた。またあるとき中国の古い仏頭に、一輪の花が供えてあった。それがまた何ともいえずよかった。

人生は一度きりである。だから一つの道を力一ぱい生きてゆきたいものである。

タンポポの強さ

タンポポ魂
踏みにじられても
食いちぎられても
死にもしない
枯れもしない
その根強さ
そしてつねに

太陽に向かって咲く
その明るさ
わたしはそれを
わたしの魂とする

この詩はわたしの詩集『朴』の初めのほうに出しているものであるが、この詩のすぐ上に「真民さんの花」という詩がある。ある方が、しんみんさんの花タンポポが咲きだした、と書いていられるのを読んで、感激して作った詩である。

わたしは八歳のとき父が急に死んだので、一ぺんにどん底の生活が始まり、長男のわたしは母とともに、荒れた畑を借りて耕し、いもやそばを作った。学校も山の上の狐《きつね》や狸《たぬき》の出るようなところにかわり、年少にして孤独なあけくれを送り出したのであった。そんなことから野の草、野の花の強さ美しさというものを知り、それがやがてわたしの骨格となり、細胞となり、血液となり、魂となっていった。だからわたくしのタンポポというものは、本で読んだり、人から教えられたりして、身についたものではなく、生きてゆかねばならない戦いのなかから、わたし独自のものとなったのである。

若くして朝鮮に渡り、このしいたげられた民のために、この地に骨を埋めようと決意したのも、単なる人間愛からではなく、わたしの野草的な血のうずきなのであった。タンポポはそういう反抗的、反権威的なものを持っている。たとえば、ああ美しい花だ、と感動し摘みとって瓶に挿したとする。すると彼らは怒ったように花をとざしてしまう。わたしはこの花のそうしたところが好きなのである。つまり、あくまで反貴族的な野の花なのである。床の間の花ではなく、大地の花なのである。

タンポポが人の目に、いや人の心に入ってきたのは、蕪村《ぶそん》の句にもあるように、江戸庶民が頭をもたげ出してからである。俺でも人間だといい出してから、この花を見る目がちがってきたのである。こういう不運な長い歳月を持っているだけに、わたしはこの花がいとおしいのである。

幸せをまき散らす花、神託の花という花言葉も実にいい。

わたしはタンポポを全人類の花としたいのである。

本気をつかむ

わたしの詩に「本気」というのがある。

本気

本気になると
世界が変わってくる
自分が変わってくる

変わってこなかったら
まだ本気になってない証拠だ

本気な恋
本気な仕事

ああ
人間一度
こいつを
つかまんことには

Yさんは銀行に勤めているが、銀行の窓口の壁に、この詩をかけたところ、よく写して帰る人があるそうである。金に困って心弱くなっているとき、この詩をふと見て、そうだ本気になってもう一度やりなおそう、と思うのであろうか。思わぬところで、この詩が役に立っていて嬉しく思った。

わたしも本気になるほうであるが、しかし本当に本気になるというのは、むずかしいものである。長続きしないからである。つまり本気の気が崩れ出すのである。とくに若いときにはそれが多い。自分のことを振り返ってみても、そうである。だれだってやり出すときは、本気でやるんだという。しかしその気力が弱まり駄目になる。わたしも本気でやり出した短歌だったが、とうとう別れてしまった。だから本気という言葉はよく使われるが、これほどむずかしいものはないと思う。とくに本気な恋となると相当な勇気がいり、さらに困難だ。

でもわたしがいいたいのは、本当にこいつをつかむかどうかで、人間が分かれてくるということである。つまり、つかむということの真意義を知るということである。

つかむとは、他を捨てて一つにしぼるということである。だからこれができない限り、いくら本気だ本気だといっても、それは口ばかりで本ものにはならない。

わたしはわたしのことを例にあげるほかないが、小さい月刊の個人詩誌を発行しだしてから、今年で十八年を迎えた。その間一回も休刊したことがない。何事でも長続きしないわたしであるが、この念願誌だけは、本当に本気でやりはじめた。もうわたしは心変わりはしない。禅語に万里一条鉄というのがあるが、わたしはこの言葉が好きである。

軽く生きる

軽くなろう
軽くなろう
軽くなろう
重いものはみんな捨てて
軽くなろう
何一つ身につけず
念仏となえて
あるきまわった
一遍さんのように

軽くなろう

これは最近出した詩集『詩国第一集』の初めのほうにある詩であるが、軽くなろうというのは、わたしの生き方であり、願いである。

一所不在、漂泊流転のわたしには、これが天命でもあり、立命でもある。わたしの机の前の柱には、わたしの尊敬している利根白泉《とねはくせん》先生からいただいた木の短冊がかかっており、それには「一物不持」と書いてある。幸いわたしには後を継ぐ者もないので、何一つ残すこともいらない。

だから家も雨露をしのげばいいのであるし、とわに眠るところも、わたしの一番好きな捨聖《すてひじり》といわれた時宗の祖、一遍上人の誕生寺である宝厳寺の裏山にちゃんと決めてあるので、これも心配いらぬ。

もう一つ幸いなことには、生まれつき体も丈夫でなく痩《や》せているので身も軽い。そんなわけで軽くなろうとあまり努力しなくても、重いものは初めから授かっていないのである。詩もできるだけ軽く平易に書こうと思っているし、信仰も重々しいものは一切身につけないことにしている。

よくわたしに人が問われる。あなたにとって詩とは何ですかと。即座にわたしは答える。父母への恩返しです、とくに母から受けた大恩を少しでも減らし軽くするためです。

そのために一日でも一時間でも長く生きて、詩を書くのです。それしかできないわたしですからと。

『父母《ぶも》恩重経』には「父母の恩重きこと、昊天《こうてん》のごとく報じ難し」とある。この重い恩を少しでも軽くしてゆくために、わたしは未明こんとんに起きて詩を書くのである。

わたしはタンポポが好きだし、居るところをタンポポ堂といっているが、その根は実に深く、その種はまことに軽い。

わたしは思う、タンポポの種のように軽くなって飛んでゆく、ああ、あれが天の教えではなかろうかと。

しんみん

わたしに「電話」という詩がある。

電話
主人ですか
しんみんです
しんは真実の
真です
みんは国民の
民です

そう妻が
電話で言っている
なるほどなあ
これはいい説明だと
ほほえみながら
聞いている

という詩である。みなさんも坂村さんとはいわず、しんみんさん、しんみんさんという。わたしは嬉しくてならない。なぜなら仏弟子となり、仏教の世界に入った真実心をしみじみと感ずるからである。

わたしの本名は昂《たかし》だが、これは父がつけてくれた名である。ところが、わたしが八歳のとき父が急に亡くなった。そんなことから長男のわたしの運命を母が観《み》てもらったところ、この人もお父さんのように短命で終わる、といった。それで母が心配して、尊敬している姓名学の人のところに行き、つけてもらったのが真民の二字である。わたしは名前を変えただけで、自分の運命が一変するとは思わなかったが、母の心にこたえようと思い、短歌を作り発表するのを機会に、この真民の名を使い出したのである。したがってわたしの十八歳のときからである。

道元、日蓮、法然、親鸞、一遍、みな「ん」がついている。わたしの参禅の師宗寛《そうかん》老師にも「ん」があり、その宗寛老師の師である足利紫山老師にも「ん」があり、わたしを救ってくださった利根白泉先生にも、杉村春苔先生にも「ん」があり、わたしが生まれた日に亡くなられた、わたしの最も好きな良寛さんにも、「ん」がついていて、なつかしいなあとしみじみ思う。

おぎゃあ（阿）と生まれるのは、神のおん定めなので、どんな家、どんな親と決めるわけにはゆかない。けれども、うーん（吽）といって死ぬのは、西行《さいぎょう》法師のように、きさらぎのもちづきの釈迦涅槃《ねはん》の日にしたい、と決めることができる。「ん」の面白さ、ありがたさは、そういうところにある。

ある年、北陸に行き、真宗門徒の人たちだけの集まりのとき、しんみんといいます。親鸞さんも「ん」が二つあり、「ら」と「み」のちがいなので、なつかしいです、と自己紹介をしたら大変喜んでいられた。

思うに四十の厄を越えきらずに死んだ父の齢《よわい》を、はるかに越えることのできたのも、この「ん」の力のおかげではなかろうか。お宮に行けば狛犬《こまいぬ》が口を結んで吽《うん》とりきんでいるし、お寺に参れば仁王さまが吽と大きな口を閉じ、悪魔を追っ払っていられる。吽にはそういうふしぎな力があるのである。日本は昔から言霊《ことだま》の国である。

わたしは母からもらった、この真民という名をいよいよ大切にしてゆかねばならぬ。

三 祈願

『聖書』には「あなたは祈るとき、自分の部屋に入り、戸を閉じて、隠れたところにおいでになるあなたの父に祈りなさい」と書いてある。

わたしも長い間ひとりで暁天の大地に立ち、わたしの祈りを続けてきた。それが正しいやり方だと思ってきたからである。だがもうひとりでとなえる時代ではない。自分の祈りを人にも知ってもらい、人にもとなえてもらうことが大事だと思い、わたしが出している月刊詩誌『詩国』に初めて公表した。そしてそれぐらいにとどめておこうと思っていたところ、ソ連（現ロシア）の「原子炉衛星」がカナダ上空で墜落したことを知り、この祈願をもっともっと広い層の人にも知ってもらい、同じ祈願をする人が、一人でも多くふえることだと考え、公の新聞にペンをとることにした。

わたしは昭和二十九年三月に『観音草』という詩集を出した。これは第一部が原爆詩になっている。

わたしが原爆地広島を訪れたときは、あのドームもそのままであった。わたしはあのドームの中に入り、焼けただれた石を拾って持ち帰った。そういう一連の詩が、東京歌舞伎座で、昭和五十二年度芸術祭参加作品として、現代吟詠の宗家・鈴木鶯風《おうふう》先生によって公演された。これはかつてない総合舞台芸術としての吟詠であった。そのときもしみじみ思ったのであるが、もう戸を閉じたり、ひとり大地に立ったりしての祈りでは、どうすることもできないところにきていることをひしひしと感じた。

時代はもう個の力では、どうすることもできない。一国の力でも、どうすることもできないところにきている。だから世界人類全体が、こういう核戦争の動きを、なんとかして食い止めねばならぬ。そういう声を一人でも多くの人が持つようにならねばならぬ。そういう祈りの環《わ》を広げてゆかねばならぬ。

宇宙の破壊破滅を目論《もくろ》んでいるサタンがいることを知り、これと戦ってゆかねばならぬ。

さてわたしの三祈願は、

一つ　宇宙の運命を変えるような核戦争が起きませんように
二つ　世界人類のユニテ（一致）が実現しますように
三つ　生きとし生けるものが平和でありますように

である。ここに幸福という言葉を使っていないのは、幸福は各自の心の問題だと思うからである。

日本人は西洋人のように、祈ったりとなえたりする場所を持たない。だからこういう祈りを知っても、すぐそれを実行にうつすことが難しい。それはわたしも充分知っているが、なんとかしてこういう声と祈りとを、新しい力として広げてゆきたいものである。

ユニテ

一致《ユニテ》
一致《ユニテ》こそわが願い
平和こそわが祈り
友よ
この悲願を
広めてゆこう
手をとりあって

この道を
進んでゆこう

これは昭和三十年一月に発行したわたしの自費出版の詩集『アジアの路地』の中の詩であって、わたしの体質や思想や行動を一番よく表している詩である。この詩集は英訳もされているが、扉にはロマン・ロランの、

立ちあがろう
このような危険や
卑しい結託や
ひそかな隷従から
精神を脱却させよう

という言葉を掲げている。

わたしはロマン・ロランが好きである。なぜなら彼は西洋と東洋とを一致させようとした偉大な人だからである。彼とわたしとの接近は、その思想や学問というより、むしろ体質的なものであった。

わたしが伊勢にある神道の学校を出ながら、仏教の世界に入り、それも一宗派の信者信仰家にならなかったのも、わたしの体質からであろう。こういうわたしの体質は、父からきているのか、母からきているのか、それともわたし自身が得たものであるのか、はっきりわからないが、ともかくわたしの体は、すべてを受け入れる特殊なものを持っている。たとえば、タンポポ堂にはたくさんの仏さまがいられる。仏壇の中にもアミダさまをはじめとして、インドの仏さまもいられるし、母が持っていられた弘法大師さまのお像もある。またわたしが毎日となえるお経にしても、大無量寿経、般若心経、観音経、パーリ語の三帰依文《きえ》がある。他の人が聞いたら奇異な感じもするであろうが、わたしには少しも奇異ではなく、嬉しく楽しいのである。もう少し気をつけて見られたら、ダビデの紋のついたメノラーや十字を刻んだ自然石などもある。机の上にはいつも『聖書』が置いてあるし、これもふしぎな物語を持っている。

わたしは日本に生まれたことを喜んでいる者の一人であるが、それは日本の国の成立そのものが、東西文化、東西宗教の流れ寄る島だと思っているからである。資源こそ乏しいけれど、そういう使命を持って造物主が造られた島である、と信じ込んでいるのである。

仏教も土着した。やがてキリスト教も土着するだろう。そうしたことのできる国民は、日本のほかないだろう。したがってわたしが二十一世紀に生きる若い人に託したい言葉は、このユニテ（一致）なのである。

ユニテ

わたしが
ねがうのは
ユニテ（一致）
どんなに
ちがったものでも
どこかで

一致するものがある
それを見出《みいだ》し
お互い
手を握り合おう

これはわたしの詩誌『詩国』第一九八号に載せた最近の詩である。ロマン・ロランはいっている。

川は海に向って流れます。
川がわたしたちをつれて行ってくれます。
川といっしょに溶けるだけでいいのです。
何も澱《よど》まないこと！
前進する生命……前進です！

死の中においてすら、波がわたしたちを運んで行きます。

わたしはこの言葉を自家版第十一詩集『川は海に向って』の扉に掲げ、人間としてまた詩人としての在《あ》り方とした。一白水星生まれのわたしは、川や海がその性でもあり、わたしの漂泊流転にも、いつも川があり海があった。ついのすみかといっているここに来たのも、重信《しげのぶ》川という第一級河川があるからであった。

わたしは何かにつけて、川の声を聞きに、海の声を聞きに行く。

ユニテは川の姿であり、海の性である。

朴落ち葉

朴の広葉の落ち初めて

朴の広葉の落ち初《そ》めて
落としゆくべきわれの身の
一つ一つが思わるる
雑念多く持つゆえに

夜更け目覚めていると朴の葉が枝を離れるときに、ポキリと音をたてている。てんぐのうちわといわれるほどの大きな葉だからであろう。その音が何ともいえず哀切である。それがまた土に落ちて音をたてる。枝を離れるときの音と、土に落ちたときの音とのちがいをじっと聞いていると、頭も目も冴《さ》えてきて、今までに会ったいろいろなところの朴が浮かんでくる。とくに北海道に行って、原生林の中でわたしを呼びとめてくれた朴たちのことが思い出されてくる。

「詩国院蒲公英朴《ほこうえいほう》真民」

これはわたしが自分でつけているわたしの戒名《かいみょう》であるが、タンポポと朴とは私があの世へまで持ってゆく、もっとも愛する草と木なのである。

わたしの家の朴は愛知県の山中にあったもので、ここに来てから十年になる。ある日、大山澄太先生がおいでになり、あと十年せんと咲きませんなあ、といわれた。あと十年生きているかどうかわからないが、あの純白な大きな花を咲かせて、わたしを喜ばせてくれるよう願っている。

わたしは冬生まれだから、落葉樹が好きである。秋になると紅葉し、冬になると一切を脱落して裸木となる。あの脱落身心の姿が、何ともいえずいい。

わたしは一枚一枚落ち葉を拾いながら、彼らに別れを告げる。この一年わたしを慰め、わたしを励ましてくれたからである。また、この木の下に立ち毎日暁天の祈願をするので、わたしのことを一番よく知っているのは、この朴の木だからである。

昔は朴の葉で写経をしたらしい。わたしも「念ずれば花ひらく」などと書くのであるが、なかなか風雅なものである。また捨てるのが惜しく、落ち葉を集めて「朴枕」を作る。菊枕は俳句の季題にもあり、杉田久女の「白妙の菊の枕を縫ひ上げし」などの佳句があるが、おそらく朴葉の枕は、わたしが初めてかも知れない。

朴の葉は朴葉みそとか、朴葉のおにぎりなどといって、飛騨《ひだ》の高山などでは、今日でも使われているし、わたしも高山へ行ったとき食べさせてもらったが、何ともいえない香りがして、雅味のあるものである。だから落ち葉も楠《くすのき》ほどの強い匂いはないが、かすかな朴独特の香りがして、わたしの夢を豊かにしてくれる。

朴の広葉の落ち初めて
いかになりゆく祖国ぞと
ちまたを歩き思うこと
今年は特に胸いたむ

初めの詩に続くものであるが、暗いニュースばかりが続発し、風雅な朴枕をしていても、危機の思いで眼が冴えてくる。

終わりを美しく

終わりを美しく
落下埋没してゆくからこそ
木々はあのように
おのれを染めつくすのだ
ああ
過去はともあれ
終わりを美しく
木々に学ぼう

人生にはすべて終わりがある。今年も終わりに近づいた。そうした頃になると、わたしはいつもこの詩を思い出す。この詩はわたしの詩集『朴』の終わりのほうにあり、わたしの好きな詩の一つである。

わたしの信仰の友Sさんも大変この詩が好きで、この人もいろいろ苦労してこられたので、よけいこの詩の「過去はともあれ」の言葉が、身にしみるのであろう。わたしなども過去を振り返ってみると、漂泊流転のあけくれだっただけに、せめて終わりなりと美しくあらしめようと切に思うのである。

わたしはこのたび初めて北海道を旅してきた。紅葉にはまだ間があったが、黄葉の美しさを満喫してきた。わたしは冬生まれだから落葉樹が好きである。落葉し裸木となる。この裸木の美も好きだが、葉を落としてゆく木々が己を染める、あの衣装の美しさは、造物主の心さえ思われて、時のたつのを忘れて立っていることがある。

わたしは八歳のとき、父が急に亡くなり、川のほとりの家から、山ばかりの村に移り住んだ。だから少年のわたしを慰め励ましてくれるのは、木々たちであった。そういうわけでわたしの体には今も木々の霊が、強く入り込んでいるのである。よくわたしはひとり山中で思った。どうして落下し埋没してゆくのに、あんなに美しく己を染めるのであろうか、と。夕日に映える落葉樹の美しさは、未熟な少年の心にも、何か計り知れない宇宙の啓示のようなものさえ感じさせられるのであった。

むろんその頃には過去などはなかった。あるのは未来だけだった。だからあの美しさを生活の中で、本当にとらえることはできなかった。ところが今はもう未来はほとんどない。あるのは過去ばかりである。それでよけいに、このわずかしかないこれからを、美しくあらしめたいと切念するのであろう。そういう願いを、毎年わたしに誓わせてくれる、落葉樹たちの美しい装いである。

四章　真実の自己を求めて――一遍との出会い

涼しい風

豊後《ぶんご》の海は荒れていた。雨が降っていた。
日本の船という船は徴用され、撃ち沈められ、老朽船だけが残ってやっと動いていた。
船には不安そうな客が一ぱい乗っていた。食うものがないので、みんないらだち、殺気だっていた。そういう三等船室の一隅に、母、私、妻、生後二年の子と、生後二か月の子の一家族が、かたまって座っていた。
風は沖に出るにつれて強くなり、船は大ゆれにゆれた。
赤ん坊が大きな声でまた泣き出した。近くにいた若いのが、
うるせいや、ねむれもしねえ
こんなとき、小さい子をつれて、どこへ行くんだ
と、もんくをいった。すると母が、その若いのにかみついた。

ものみゆさんでゆくんじゃない
職をもとめてゆくんだ
このみそ、しょうゆを見よ
こんな気持ちわからんのか

と、どなったら、その男、根は正直ものらしく、母の気性にのまれたのか、下船するまで文句一ついわなかった。

老朽船「しげひさ丸」は、やっと八幡浜に着いた。陸に着けばもう心配はない。雨も風も収まり、四国は初夏の香りで、何ともいえぬ明るい風が吹いていた。

おおこれが仏島四国の風だなあと思った。

駅前の旅館におちつくと、魚好きの母はさっそくタコの酢づけを注文した。そして、

四国は涼しいなあ、いい風が吹くなあ

と、いった。

昭和二十一年五月末のことである。

涼しい風を吸うて育った人たちは、みな鈴のような、仏心を持つようになるのであろうか。

移り住んだ静かな港の町、三瓶《みかめ》というところは、わたしたち一家を心から迎えてくれた。

はるばると妻子をつれて来りけり
きよき門川に子の足ひたす

ひびきよき三瓶の町のひととなり
波しづかなる海を見おろす

こほろぎはすでに生まれてひるも鳴く
ま夏といへど涼し三瓶は

海風のすずしき岸にならび立ち
子にむきて食はす大きなる枇杷《びわ》

敗戦による苛酷《かこく》な運命に遭遇したわたしたちであったが、四国の人と自然はわたしたちにとってまったく仏国であり、仏島であった。

ここには八十八ヶ所の霊場はなかったけれど、ここに住んでいる人の心には、九州とちがった温かいものが感じられてならなかった。わたしはこういうものをのちに「大慈大悲の温床」と呼んだのであるが、こうしたものがわたしの体に積み重ねられ、大きくなり、厚いものとなり、次に住んだ吉田というところで、大乗寺との仏縁が生まれ、わたしにはかつてない大回心がやってきたのであった。

吉田という町も、静かな港を持ち、東西南北に区画され、東小路、西小路、北小路などと、京都風な通りのある城下町であった。

ここにも八十八ヶ所の霊場はなかったが、巡礼たちの通る道筋になっており、春ともなれば涼しい鈴の音が、静かな大通りに響いてくるのであった。

ここの人たちもまた涼しい声の持ち主が多かった。

わたしが一遍《いっぺん》を知り、一遍に近づき、一遍をわが先達《せんだつ》とまで仰ぐようになったとき、いったいわたしは一遍のどこに、何に、こうまで心ひかれるのであろうかと、思いを深め、自らに問うのであるが、いつも聞こえてくるのは、この何ともいえぬ「涼しさ」なのであった。
これは、法然《ほうねん》にもなく、親鸞《しんらん》にもなく、日蓮《にちれん》にもなく、一遍独自の風光であり、人柄であり、念仏である。

わたしは痩《や》せているから、重いのは苦痛である。また酉年生《とりどし》まれのせいからであろうか、ふわりとしたのが肌に合い、タンポポの綿毛のように、飛びたってゆくのが好きである。年少にして芭蕉《ばしょう》に心ひかれたのも、あの軽みによる。

一遍の涼しさ、芭蕉の軽み。そこには何か共通したものがある。

前者は私の宗教であり、後者は私の文学である。

名にかなふこころは西にうつせみの
もぬけはてたる声ぞ涼しき

一遍

南《な》もほとけ草のうてなも涼しけれ
此《こ》のあたり目に見ゆるものは皆涼し

涼しさをわが宿にしてねまるなり
汐越や鶴はぎぬれて海涼し
すずしさを絵にうつしけり嵯峨《さが》の竹　　芭蕉

しんみんよ
お前は一遍のどこにひかれて、そんなにも彼のあとを追わんとするのであるか。

そう問いかけるとき、いつも五体に感ずるのが、この涼しさなのである。だからわたしにいわせたら、一遍のすべてが、この涼しさである、といってもよいのである。

わたしはこのような祖師を、他に求めようとするのであるが、みなその風は重いのである。多くの人は、その重さに心ひかれるのであろうが、わたしが芭蕉を恋い、彼のあとを追わんとするのも、あの晩年の軽さにある。

では、この軽さ、この涼しさは、どこからくるか。それはみな旅からきている。遍歴からきている。

雲雀《ひばり》あがる大野の茅原《ちはら》夏くれば
涼む木蔭をたづねてぞ行く

掬《むす》ぶ手に涼しき影を慕ふかな
清水に宿る夏の夜の月

今日もまた松の風吹く岡へ行かん
昨日涼みし友に逢《あ》ふやと

西行《さいぎょう》も涼しい人であった。若い頃わたしは、彼が庵《いおり》を結んでいた伊勢の西行谷を、ひとり訪れたことがある。そのときの記憶が鮮明に残っているのも、涼しい風が吹いていたからである。軽さが、涼しさとなる。それは無一物が、無尽蔵となるようなものである。

わたしは如来《にょらい》の風ということを思う。そしてこの涼しさこそ、如来の風なのだ、仏教独自のものなのだと思う。仏の教えがインドに滅び、中国へ渡来して、彼の国でも衰えていった。しかしこの教えは日本にきて初めて、その本来的なものを発揮し、宗教だけでなく、文芸にまでも浸透していった。いや文芸だけでなく、その風雅を、茶の道にも及ぼしていった。

思うに涼しさはインドのものではない。また中国のものでもない。あくまで日本のものであり、さらにいうならば、四国のものなのである。一遍はその四国のなかで一番よい瀬戸内の海のほとりに生まれたのである。だからどの祖師よりもこの涼しさを、生得的に持っているのである。

同じ四国生まれの弘法大師が、どこまで諸国を遍歴したか、それはわからない。その多くは伝説にすぎず、最後は山にこもった。大師からは、軽みも涼しさもあまり出てこない。

一遍の遍歴は全国に及んでいる。しかも彼は山河草木と念仏している。ここらが他の祖師たちとまったくちがうところで、わたしが彼を祖師中第一の詩人として恋い慕う由縁である。したがってその涼しさも第一であるし、どうしても西行や芭蕉や良寛《りょうかん》とつながってくるのである。

別府に上人ヶ浜というところがある。今の世でわたしが一番慕っている方が、そこに住んでいられる。わたしは、上人ヶ浜と名づけて伊予からきた人を忘れなかった豊後の人たちの心のゆかしさが思われ、春苔尼《しゅんたいに》先生を訪ねるたび、この浜に立って胸一ぱい、その涼しい風を吸うのである。
杵築《きつき》、別府のあたりには、伊予から移り住んだ人たちが多い。それに鉄輪の温泉は、伊予の道後に生まれた一遍が、ひらいたものである。そしてその余徳が、上人ヶ浜となったのである。涼しい風の中には、そのような由来がこもっているのである。

わたしは石を拾うて記念としたこともあった。石は語り部《べ》である。ふところに入れておくと、いろいろのことを語ってくれる。

春苔尼先生も遍歴のお方である。無一物のお方である。一所不在のお方なのである。だから先生に接して、いつも感ずるのは、この涼しさなのである。お声も涼しいが、おん目も涼しい。わたくしはこのようなお方を、今の世にまたと知らない。それはもう人ではないとさえ思い尊ぶのである。鉄輪にいられた頃の先生、今の上人町にいられる先生、わたしは一遍とのゆかりのふしぎが、先生を通してさらに深くなってゆくのを思う。

一遍は、口うつしに六字の名号を伝えている。これを十念といった。一遍独自の伝授の仕方である。

涼しい一遍の声が、相手を一ぺんに魅了したであろう。あれだけの集団が彼につき従って遊《ゆ》行《ぎょう》回国したのも、彼の念仏の声の涼しさゆえであったろう。
伊予はまことに涼しいところである。

身につきて燃ゆる思ひの消えましや
涼しき風の煽《あお》がざりせば

もう何もいうことはない。仏法とは涼しき風なのである。

リンリン

新村出編の『広辞苑』をひらくと、

一　粼粼

川の清水が石に激するさま

二　凜凜

寒さの身にしむさま

端正にして犯すべからざるさま

勢いのりりしいさま

三　磷磷

石の間を清水が流れるさま

玉または石のかがやくさま

四　りんりん

虫の鳴き声

鈴の響くさま

湯の沸いて鉄瓶の響く音

歌う声のよいさま

などが載っている。

わたしがいおうとするリンリンは第二番目の凛凛にあたろうか。

わたしはリンリンが好きなのである。これはわたしの本性かも知れない。だからわたしはこの物差しに当てて、わたしの好き嫌いを決めたりする。

わたしはリンリンと鳴り響いているものが好きである。だから第一の鄰鄰も、第三の磷磷も第四のりんりんも好きなのである。

わたしの詩に「リンリン」というのが、かなりあるが、これはわたしがこの言葉を好きだから、ついこのような作品が生まれてくるのである。

新しい詩集『朴《ほお》』を出すとき、序文を紀野一義先生にお願いしたところ、すばらしく立派なものを送ってくださった。その中に歌人吉野秀雄さんのリンリンの言葉を引いておられた。わたくしは『八木重吉詩』とのゆかりから、詩集を出すたびに吉野秀雄氏とその夫人登美子女史(八木重吉さんの妻であった人)に一本を差し上げてきたので、この紀野先生の序文はとくにありがたかった。

わたしはリンリンたる人を探し求めてきた。そしてその人にこのリンリンが消えると、わたしは遠ざかっていった。これがわたしの遍歴であり、求道《ぐどう》であった。

生きている人はこのリンリンが、出たり消えたりする。人間というものは妙なもので、病気になったり、逆境になったりすると、これが現れる。ところが病気が治り、少し立身したり出世したり、生活が豊かになったりすると、なくなる。雲水のときリンリンたる人が、寺を持ったりすると、それが消えてしまう。そういうことを見続けてきたわたしは、できるだけ身を低きにおくことに努めてきた。周囲の者はどんどん上にのぼってゆくが、わたしはいつまでも同じところにいる。

先生はまだ詩を書いているのですか、と面と向かっていう、かつての生徒たちもいた。詩を作るより田を作れ、と一ぱい飲んでいう教員もあった。

詩というものは敗残者の文学であるかも知れない。そうした屈辱に耐えかねて、屈原《くつげん》は汨羅《べきら》に身を投じたのかも知れない。

わたしは中国の詩人では、真山民や屈原や杜甫《とほ》が好きである。

リンリンはわたしの骨であり、髄であり、焼いても残る霊性なのである。わたしはこのリンリンを喪失して生きている者を、あわれと思う。彼らはもう人間の目をせず、人間の声を出さず、人間の耳を持たない。そしてわたしとは無縁である。

こうしたこの世の嘆きをどうすることもできず、わたしは草や木と親しくなり、山や川や海や石と話をしてきた。また現世にて結ばれないこのリンリンを、過去の歴史の人に求めてきた。また和歌や詩の世界に求めてきた。

八歳にして父を失い、母と共に生活苦の中に生きねばならなかったわたしは、年少にして芭蕉の句を好んだ。それは今にして思えば、あの芭蕉の一筋の姿から出てくるリンリンたるいぶきに触れたからであったろう。長い間わたしの先達は芭蕉であった。

ところが敗戦により朝鮮から故郷九州に引き揚げ、さらに四国に渡り住み、一遍を知るに及んで、わたしは初めてこれまでにない新しい世界を見いだした。とくに一遍の生誕地、松山の宝厳寺に参り、一遍の旅姿に接したとき、触れてはならぬその足に手を触れて、芭蕉とちがったリンリンたるものを覚えた。ああ、この人の霊に喚《よ》ばれて、四国に渡ってきたのだ。ここで本当の仕事をするのだ、ここで死ぬのだ、ということを痛感した。

「一遍智真」という詩が生まれたのは、このときである。

道元もリンリンを持っている。日蓮も持っている。でも一遍のリンリンには、二人とちがうものがある。それはわたしがいう、詩人としてのリンリンが、一遍には流れ出ているからである。

そうなると、詩とは何かということになるが、一遍には詩人という自覚はない。あくまで宗教人として生き、また死んでいる。しかし『一遍聖絵《ひじりえ》』を見てもすぐわかるように、彼は詩人である。彼の称名念仏には、飛びゆく鳥でさえ耳をかたむけている。おしや、つんぼの人までが、彼につき従って遊行したのも、彼の体からにじみ出る詩人の純粋さが、然《しか》らしめたものといえよう。

わたしは未明こんとんの二時三時にいつも起きているのであるが、このこんとんが一遍にはある。つまり宗教と文芸との未分こんとんのものが、一遍にはある。わびが、さびが、軽みが、彼にはある。そこがわたしを吸引してやまないのである。わたしを一遍信者にするのである。遊行《ゆぎょう》が文学になってゆく、そういうもののきざしが、一遍に発見されるのである。そういう一遍をわたしはもっと多くの人に知ってもらいたいのである。

鎌倉期開教の宗派が、今立派な大本山を持ち、揺るがぬ勢力を持っているのに対し、一遍の時宗はやっと命脈を保っている。しかしわたしはこれを悲しまない。一遍のいのちは、彼自身さえ気づかなかった別のものとして開花している。その別のものというのが、わたしのいう詩であり、ポエジーであり、芭蕉俳諧《はいかい》へと移向してゆくリンリンなのである。

紀野一義先生がわたしの詩集『朴』の序文に寄せてくださった吉野秀雄氏の言葉は、

「歌をよむには凜々としなければならぬ」

「柔軟の心魂がひとたび感を発し、それがやむにやまれず、一点の突破口を見つけて噴騰するというのが歌の本質だ」

である。

母の熊本の家からは、阿蘇の噴煙がま正面に見えた。何一つさえぎるものもないので、縁側に立つと、太古から大地の熱気を吐きつづけている、生きている山のいぶきが、じかに伝わってくるのを感じた。

噴騰という言葉が、母の体の中にあり、母の血の中に流れていたことを思い出す。母にはこのリンリンたるものが死ぬまで消えなかった。今母は父と共に山上の墓に眠っていられるが、あそこからも阿蘇の煙が見える。

風になびく富士の煙の空に消えて

ゆくへも知らぬ我が思ひかな

この和歌は、西行六十九歳のときのものであるが、わたしの最も好きな、

年たけて又こゆべしと思ひきや
いのちなりけりさやの中山

も六十九歳の作である。わたしのいうリンリンたるものがみなぎっている古今の秀吟である。ついでに芭蕉の句をあげるなら、

あかあかと日はつれなくも秋の風

この道や行く人なしに秋の暮

というのがある。前の句は四十六歳の作であり、後の句は五十歳の作である。共に西行の和歌に比肩する名吟である。西行は七十三歳でその願いどおり大往生し、芭蕉は五十一歳で旅の宿で没した。

となふれば仏もわれもなかりけり
南無阿弥陀仏《なむあみだぶつ》なむあみだ仏

おもふこと皆つきはてぬうしとみし
世をばさながら秋のはつ風

旅ごろも木の根かやの根いづくにか
身の捨てられぬ処《ところ》あるべき

こういう歌は、念仏一途《いちず》に生きてきた一遍のリンリンたるいぶきに触れる思いがする。むろん彼は歌に生きた人ではないから、西行や芭蕉と比較してはならない。しかし詩人一遍の姿が、彼の歌から浮かんでくる。これは他の開教の祖と比較して、実に新鮮で生き生きしている。

少し語録を引いてみよう。

万事にいろはず、一切を捨離して、孤独独一なるを、死するとはいふなり。このゆへに生ぜしもひとりなり、死するも独なり。されば人と共に住するも独なり。そひはつべき人なき故なり。

唐木順三さんは「詩と死」という語をならべて、詩人一遍を論じていられるが、わたしは唐木さんの詩人的感覚にいつも感心し、啓発され、この人の切り込み方の見事さに瞠目《どうもく》してきた。

念仏の行者は智慧《ちえ》をも愚痴をも捨て、善悪の境界をもすて、貴賤《きせん》高下の道理をもすて、地獄をおそるる心をもすて、極楽を願ふ心をもすて、又諸宗の悟りをもすて、一切の事をすてて申す念仏こそ、弥陀超世の本願にもっともかなひ候へ。

という「興願僧都《そうず》への御返事」という文は、一遍のリンリンたる姿勢を実によく写し出している、朗々誦すべき不朽の遺語である。わたしは暁の霊気の中で、この名文をとなえて、己の悪気を排出させるのであるが、いつも身心の軽くなるのを覚える。

雲のように

雲
一遍さあーん　と
呼んだら
おーい

おーい　と
きこえてきそうな
雲のゆききの
夕ぐれであった

昭和四十五年十一月六日の夕刻である。
御廟《ごびょう》の上の空を仰いでいると、そう呼びかけたい衝動にかられた。さんづけで呼んでみて、一番ぴったりするのは、良寛さんである。そしてその次が、一遍さんである。

道元は、やはり禅師でなくてはならない。
日蓮は、やはり上人でなくてはならない。
法然も、また上人でなくてはならぬ。
では親鸞は？

わしは愚禿《ぐとく》親鸞と呼んでくれと、いわれそうな気もするが、やはり上人と呼ぶのが一番ふさわしいだろう。

血すじがそういわせるのか、著作がそう思わせるのか、豪壮な寺院が、そう要求するのか、いや後世の人がかつぎあげてしまって、いつの間にか、そういう気持ちにさせられてしまったのか、どうも軽々しくは呼べないのである。そこへゆくと一遍と良寛には、それがない。

雲のように軽い。

それがわたしには、何ともいえず親しいのである。

何一つ残そうとしなかったことが、わたしには実にありがたいのである。サラリサラリとした生き方に、何ともいえない共感が湧《わ》いてくるのである。

一遍と良寛とは、わたしの最も敬仰する先達であるが、二人を思うと、わたしはいつも雲を仰ぎたくなる。

インドは重い。

中国も重い。

わたしはふとしたことから、『大蔵経《だいぞうきょう》』(『一切経《いっさいきょう》』とも)を三回読んだ。第三回目には、一字一字を指で押さえて読んだ。そのためだけではないが、とうとう失明しようとまでした。思えばあの重さは、日本のものではない。むろんこの『大蔵経』は国訳だったからいいが、漢訳だったらもっと重さを感じたであろう。ああいうものを作り出すインドと、ああいうものを持ち運んできて、訳してゆく中国の底知れぬ重さは、まったく驚嘆のほかはないが、わたしなどにはとても耐えられない圧力である。

そうしたわたしの気持ちを救ってくれるのは海であった。

海はわたしの心を軽くした。

そうしたときいつも一遍が、わたしのそばに立っていた。

一遍も海が好きであった。河野水軍の血を受けた彼は、海の匂《にお》いが好きであった。母の乳のようなあの匂いをかぐと、果てしれぬ悲しみのようなものが、湧いてくるのであった。

一遍の朗々とした声が響く。

夜明けの雲が海に映えて、太古さながらの美しさである。

彼はこんなときいつも決まって、空也《くうや》の言葉をとなえた。

心に所縁なければ日の暮るるに随《したが》って止まり
身に住所なければ夜の明くるに随って去る
忍辱《にんにく》の衣厚ければ杖 木《じょうぼく》瓦石《がせき》も痛からず
慈悲の宝深ければ罵詈《ばり》誹謗《ひぼう》も聞かず
口称《くしょう》を信ずる三昧《ざんまい》なれば市中も是《こ》れ道場
声に順《したが》ひて見仏すれば
息即ち念珠なり
夜々に仏の来迎《らいごう》を待ち
朝々に最後の近きを喜ぶ
三業《ごう》を天運に任せ
四儀を菩提《ぼだい》に譲る

一遍には寺院の重さもない。著作の重さもない。金襴《きんらん》の重さもない。

身をすつるすつる心をすてつれば
おもひなき世にすみぞめの袖《そで》

すみぞめの衣一枚を風になびかせながら、彼はひょうひょうと歩いてゆく。おしや、つんぼや、非人、乞食《こじき》の群れが、彼のあとをついてゆく。
春は花が散りかかり、秋は紅葉が散りかかる。
とんがり頭の彼の姿は、群鶏の中の一鶴のように、遠くからでもはっきりとわかる。
空也は市聖《いちひじり》
一遍は捨聖
捨てた者の世界は広い。
一遍の広さは、他の祖師たちとくらべものにならぬ。そこにわたしは心ひかれる。束縛されるものがないので、実に明るい。
雲はどこで湧き
どこで消えるか

それは雲自身も知らない
無礙《むげ》無心こそ
雲の姿であり
雲のいのちである
そこに一遍独自の世界があった。
弘安十年の春のことである。
兵庫県姫路市の西北にある法華修行の道場地、書写山に詣《もう》で次のような歌を作った。

書きうつす山は高根の雲きえて
ふでもおよばぬ月ぞ澄みける

彼はそのとき四十九歳であった。五十一歳で世を去っているから、晩年の作である。縁語懸《かけ》詞《ことば》は使ってあるが、すっきりしたいい歌である。
わたしはある日、一遍が生まれた道後の宝厳寺で、お酒をご馳走《ちそう》になった。いいお酒であった。その部屋には一遍さんの、あの合掌した絵像がかけてあり、酒肉五辛を断って遊行賦算した一遍さんに、相すまないと思いながら、お酒を飲んだ。そしてそのあと、うしろの山に登った。登りつめるとまさに夕日が、瀬戸の海に落ちてゆくところであった。

わたしは瀬戸内海の夕日の美しさを、ふるさとへ行き来するたび眺めてきたが、この日のようなすばらしさにあったことは、一度もなかった。弥陀来迎《らいごう》の絵図は、いくたびとなく拝したが、そのいずれにもまして壮大にしてかつ美麗であった。しかしそれだけならここにあえてしるす必要もないが、そのうちこの日のことをいつまでも忘れられないことが起こった。

弥陀来迎そのもののような美しい雲のまん中にだれか立っている。そういう雲となっていった。

わたしは、ああ一遍さんだと叫んだ。

わたしは、思わず手を合わせた。

そして六字の名号をとなえた。

それは今までとなえてきた名号とはまったくちがう名号であった。

まさに金色の雲である。

雲はますます美しくなっていった。

そのまん中の人もいよいよ大きくなった。

一遍さんとわたしとが、いま相対しているのである。これはあの世のことではない。現実なのである。

わたしは時のたつのを忘れて立っていた。

雲は長い間美しい姿のまま、わたしの歓《よろこ》びを保たせてくれた。

一遍さんとわたしとが一つになった。冬生まれの二人が、冬の日にしみ、冬の光に包まれ、冬の雲に乗り、寂光浄土の人となった。

わたしは山を下りながら、仏縁のふしぎが思われてならなかった。菩提樹《ぼだいじゅ》の葉の幾枚かを拾って、お参りした記念のしるしとした。

お酒をいただくなんて、夢にも思わぬことであった。

山門を出て、山沿いの道を歩いてゆくと、蜜柑《みかん》畑があり、その土手に沿うて、綿毛になったタンポポが一ぱい生えていた。わたしはここにも、わたしを待ち、わたしを呼んでいるものがあることを思い、心の熱くなるのを覚えた。

タンポポ堂に帰り着く頃は、もうすっかり暗くなっていた。しかしわたしは心の中に、一つの明かりがともっているのを感じた。それは仏の明かりであり、一遍さんの明かりであった。わたしは仏壇に明かりをつけ香をあげ、わたしの一番好きな法語を読誦《どくじゅ》した。

それは上人が興願僧都という人に書き示された返事で、まことに格調の高い、上人一代の名文といってよいものである。わたしだけでなくだれでも、この文を拝したら、きっと一遍さんが好きになるだろう。ああ一遍さんは詩人だなあと思うだろう。

それは雲のように美しく、風のようにさわやかである。

八雲たつ出雲八重垣つまごみに
八重垣つくるその八重垣を

これは『古事記』に出てくるスサノオノミコトと、クシナダ姫との祝婚歌である。わたしは日本に生まれたことの喜びを、時にこの歌を引いて話すことがある。日本詩歌の源流の美しさを、こよなく尊く思うからである。わたしは出雲に行って、じかにこの歌に触れてきた。

雲は日本民族のいのちである。いのちのあらわれである。わけても遍歴放浪の者たちにとっては、雲は自分自身なのであった。

山河

ゆくへなく月に心の澄み〳〵て
果てはいかにかならんとすらん　西行

旅ごろも木の根かやの根いづくにか
身のすてられぬ処あるべき　一遍

幾山河越えさりゆかばさびしさの

果てなん国ぞ今日も旅ゆく　牧水

野ざらしを心に風のしむ身かな　芭蕉

分け入っても分け入っても青い山　山頭火

日本の山河には、こうした詩人たちによって、血しぶきのようなものが、にじみ込んでいる。いやそればかりではない。一木一石の中に信仰者たちの激しい称名念仏の声が、刻み込まれている。そうした歴史の中にあって、一遍ほど日本の山河と溶け合った開祖はなかろう。山河称名というものを、彼ほどぴったり身につけた者はなかろう。そこにわたしは心ひかれる。また彼のナムアミダブツが、他の人とことなることを痛感する。

山河の感じられる人というのは、そうあるものではない。歴史上の人物には何人かあったであろうが、それは過去の人だから、現在のわたしを心底から動かすことはできない。

わたしが禅の道を一筋に行こうと思いたったのは、足利紫山《しざん》老師にめぐりあったからである。

わたしは遠くから老師のお顔を見ていた。なんというういい顔であろうか。わたしは今までこのようないい顔の人に会ったことはない。それはもう老師その人の偉さというより、そのうしろに山がある、川がある、木がある、海がある、空がある、星がある、そのような豊かさなのであった、広さなのであった、大きさなのであった、深さなのであった。

そのときわたしは思った。ああこんな人になれるなら、自分もこの道を行ってみたいと。そういう心の起こるのは初めてであった。わたしは『観音経』にある「福聚《ふくじゅ》の海無量なり」という言葉を思い出していた。

静岡県奥山の半僧坊で知られた大本山方広寺は、まことに幽邃《ゆうすい》なお寺である。その一番奥まった部屋で、わたしは面を接したのである。九十七歳の老師の温かさ、豊かさ、ほのぼのとした美しさ、それはもう人間ではなく、菩薩そのものであった。独坐大雄峯《どくざだいゆうほう》というような威圧感もなく、万有一如の天然自然のお姿であった。

老師はじっとわたしの顔をごらんになり、わたしを連れていってくださった河野宗寛老師に、

「この人お医者さんかな」

と、おっしゃった。すると宗寛老師は、

「いや、詩人です、詩を作る人です」

と、耳もと近くおっしゃった。紫山老師はにっこりされて、

「そうかいな」

と、笑顔をなさった。

わたしはこの日のことを生涯忘れないであろう。

そうだ、人の心を癒《いや》す医者になろう、そうした詩人にならねばならぬ。

と、思った。このときわたしの体に一本の大きな鉄の棒が打ち込まれたのである。

一遍の山河称名を書こうとしたとき、わたしの心にまず浮かんできたのが、この紫山老師のお姿であった。わたしが老師に会っていなかったら、この山河称名も文字だけのものとなったであろう。わたしは老師に山河を感じているので、一遍の山河が書けるのである。

それからもう一つこの山河称名に、ぜひ加えねばならぬお方がある。

それは杉村春苔尼《しゅんたいに》さまである。わたしは先生と呼んでいるので、これからはそうしるそう。

わたしは先生と由布院を訪れた。一夜を語りあかし、まだ夜のとばりの深くたちこめている神社の森に行った。そこには老樹がうっそうと茂って、神秘な霊が動いていた。先生とわたし

は、その霊気を吸うて立っていた。そのとき先生がわたしに、

「わたくしはときどきここに来ます。じっと立っていると、大地の水気を吸いあげる大樹たちの音が、聞こえるのです。それは何ともいえない荘厳さです」

と、おっしゃるのであった。凡愚のわたしには、その音は聞こえないのであったが、そのときわたしは思った。

ああ、先生は山河一体のお方だ、紫山老師と同じお方だと。

わたしがこの世で今までに山河を感じた方は、このお二人だけである。

春苔先生のお家の床の間には、紫山老師の「竹」の一字がいつもかかっている。一メートル大の大きな竹である。先生はある日、この字の由来をわたしにお話しくださった。

春苔さん、あんたの部屋は暑いなあ。

一つ涼しいように一字書いてやろう。

そういって老師がサッと書かれたのが、この竹の字です。

と、まことに美しい話である。

わたしは先生を訪れるたび、まずこの竹の字に礼拝するのであるが、まったく山河を体に持

った人の字である。

字は一字でなく、竹は一本でなく、もう山河そのものであり、乾坤《けんこん》なのである。涼しいはずである。風が起こってくるはずである。

一遍さんがいたら、こんな話をどんなにか喜び、どんなにか語り合うことであろう。

『一遍聖絵』が他の祖師たちのものとちがうのは、この大自然が随所にとり入れられているところにある。

鳥が飛んでいる。

花が咲いている。

超一、超二を連れて旅立ちするところなど、山河こぞって、その門出を祝しているという感がしみじみとしてくる。

わたしはこの春まったく久しぶりに伊勢神宮に参拝した。そして第一に感じたことは、あのたくさんの大木の姿を見ず、あのせんせんたる五十鈴《いすず》川の瀬音を聞くことができなかったことである。せめてここだけなりと、日本のふるさとの面影を残しておいてもらいたいと思った。

一遍がこの伊勢神宮にお参りしたのは、弘安六年のことである。そのとき彼は四十五歳であった。わたしがそのようなことを思って歩いていると、ふと老木の紅梅が、まことに艶《えん》なる花を咲かせているのが目に入った。わたしはその紅梅の下に立って、カラー写真に収めてもらい、何よりの記念とした。

西行も芭蕉も、伊勢ではよい作品を残している。一遍は歌人ではないから作品は残していないが、念仏僧一遍が、伊勢神宮に詣でたそのことに、わたしは感慨を覚えるのである。『六条縁起』(『一遍上人絵伝』)には奇瑞《きずい》のあったことがしるされているが、わたしもお参りする間雨が降らず、ゆっくり参拝できたことを心から感謝した。

わたしは学生の頃、この五十鈴川の川沿いの古寺で自炊をし、米をとぐのも、茶をわかすのも、一切この川の水を使って過ごしたことがあるので、そんなことを妻や子どもに話しながら、青春の日の思いにふけった。思えばわたしが山河を身につけたのは、伊勢での四年間の生活であった。学問というよりも、わたしはこの方の思い出が強いのである。一遍に心ひかれる素因が、伊勢につながっていることをしみじみと感じて、名物の赤福もちを、その本家まで行って食べたりした。

よろづ生きとし生けるもの、山河草木、ふく風、たつ浪の音までも、念仏ならずといふことなし。（興願僧都への返事）

これは一遍一代の名文である。この手紙が残っていることによって、われわれはどんなにか幸せであろう。一遍に近づくためには、この文が一番である。

わたしが家族を連れて四国に渡ってきたのは、昭和二十一年の五月末であった。人の心は荒れすさんでいたが、四国の山河は、初めて見るわたしたちに、生きる力と望みとを与えてくれた。明るい海、明るい空、人の心も明るく、鳴く鳥の声にも、さわやかさが流れていた。ことにわたしたちが住むことになった三瓶《みかめ》というところは、わたしに詩心をよみがえらせてくれた。『六魚庵天国』という詩集の生まれた里として、わたしは永久に忘れることはないであろう。のちにわたしが仏島四国と呼ぶようになったのも、その根源は、この地の山川草木との出合いのよさによるのである。初めから松山に来ていたら、一遍の近くに来ながら、近づくこともなく終わったかも知れない。

山河と一つになるということは、そうやすやすとだれにでもできるものではなく、だれもがなれるものでもない。

仏陀も晩年この世界の中におられた。涅槃《ねはん》に入ろうとなさるとき、蝶《ちょう》を礼拝されたという話を読んだのであるが、わたしはかつてないほどの感動を受けたのであった。

わたしは仏陀世尊を思うたび、一遍を思う。それは出家した人の本当の姿が、しみじみと匂い出してくるからである。

わたしは無一物になりきった一遍の、あの純粋さに心ひかれる、一途さに心うたれる。自分ではでき得ないから、いっそうそういう人に接近したくなるのである。

かくしつつ野原の草の風の間に
いくたび露を結び来ぬらん
一遍

わたしは露というものに、とくに心ひかれてきた。露を見ると、わたしのいのちのようなものが、いつも感じられる。露はわたしに仏のいのちのようなものを、いつも与えてくれた。露を通して、わたしは人間を感じ、山河を感じとった。露は人の世の哀別離苦を、わたしに教えてくれた。だから一遍にこの歌を見いだしたときは、とくに嬉《うれ》しかった。

わたしは毎暁大地に立って、暁天の霊気を吸い、風の音を聞き、星の光に触れ、木々のささやきを耳にし、飛びゆく鳥の声に和し、願文をとなえるのであるが、一遍もまたこのようなあけくれを、旅から旅へと続けていったであろう。遍歴遊行のきびしさを、わたしはいつも一遍の立像に見る。破れ衣にはだしのあの姿は、世尊の糞雑衣《ふんぞうえ》を思い出させる。まことの出家者は、かくあるべきである。

鳥

わたしは酉年生まれだから、鳥にはとくに心ひかれる。一遍絵巻物をひらいたとき、一番心ひかれたのも、鳥の飛んでいるところであった。渡り鳥のような、一遍の生涯を思うとき、鳥を描いた絵師円伊の詩心をこよなくゆかしいものに思った。

「庶人に称氏を許す」という法令が出たのは、明治三年九月であった。父の家は名主であったので、みんな集まってきて、それぞれ姓をつけてもらった。南坂、北坂、中坂という地区のまん中に、父の家はあった。坂ばかりの村であったため坂村という姓がついた、とおばあさんは語って聞かせた。姓をつけたというおじいさんは、もういなかったが、おばあさんはいい人だった。

井戸の水は冷たくうまかったが、恐ろしいほど深かった。

父が四十の厄を越すことができず急逝したため、母は遺《のこ》された五人の子を連れて、この坂ばかりの村に移った。

山一つない川辺の村から、坂ばかりの村の小さい学校に転校したわたしは、初めて深い孤独を知った。複式の学校で、怒ってばかりいる先生が、わたしの受け持ちであった。わたしは小学三年だった。やがて東西に分かれていた村が合併して、村の中央の山の上に学校が建ち、五年生のときそこに移った。行きも帰りも山道である。飲み水一滴出ない学校で、みんな思い思いのものに湯を入れて通った。村は合併しても生徒たちは東西に分かれて、喧嘩《けんか》ばかりしていた。わたしの孤独は深まるばかりであった。

学校というものに何の喜びも持ちえなかった過去を思うとき、酉年生まれのわたしが鳥たちの自由な世界に接近していった、あの異常な孤独が思われてならない。

ほろほろと啼《な》く山鳥の声きけば
父かとぞ思ふ母かとぞ思ふ

父母のしきりに恋し雉子《きじ》の声

うきわれをさびしがらせよ閑古鳥

いつのころからか、こういう歌や俳句が、わたしの心を占めていった。

み吉野の象山《きさやま》のまの木末《こぬれ》には
ここだもさわぐ鳥の声かも

ぬばたまの夜のふけゆけばひさ木おふる
清き河原に千鳥しば啼く

若の浦に潮満ちくれば潟を無み
葦辺《あしべ》をさして鶴《たづ》鳴き渡る

というような短歌を愛誦《あいしょう》してやまず、ひとり山中をさまよったのは、中学（旧制）を卒業して伊勢の学校に入ってからであった。

わたしは山部赤人《やまべのあかひと》から万葉に入り、そして島木赤彦から現代短歌に近づいていった。やがてわたしは一生を歌に生きようと、岡野直七郎氏の主宰する短歌誌『蒼穹《そうきゅう》』に入社した。わたしの二十歳のときである。

なぜこのようなことを書くかというと、一遍との結びつきの深さを思うとき、どうしてもここまでさかのぼってゆかねばならぬことを、強く感じたからである。

一遍の歌に、

をのづから相あふ時もわかれても
ひとりはいつもひとりなりけり

というのがあり、

生ぜしもひとりなり、死するも独なり。されば人と共に住するも独なり。そひはつべき人なき故なり。

という言葉もある。ひとりに徹したとき、人はもう一つの世界を知るであろう。

一遍を思うと、良寛が思われてならず、山頭火《さんとうか》が思われてならず、自分自身が思われてならない。「孤独独一」こそ一遍の一遍たるところである。

そこから遊行《ゆぎょう》が生まれてくる。

賦算《ふさん》が生まれてくる。

念仏踊りが生まれてくる。

角川版の『一遍聖絵』をひらくと、信州佐久の田園を行く一遍の一行が出てくる。一遍を先頭に行く人、送る人を交えた一行が、信濃路を歩いてゆくが、その上を雁《かり》が列を組んで、一行とは逆に飛んでゆく絵である。

その次には、予州窪寺のほとりに閑居をして修行すとあって、その静かな空を四羽の鳥が飛んでいる。

そしてその次に出てくるのが、わたしのもっとも心ひかれる一番好きな絵である。解説には「文永十一年、同行三人相具して予州を出発す」とある。三人というのは超一、超二、念仏房である。ここには白鷺《しらさぎ》と思われる鳥が四十羽ほど、同じ方向に飛んでいる。

またその次には「下野国小野寺にて俄か雨に遇《あ》う」とあって、ここにも白鷺の群れかと思われる鳥が三十五羽ほど、あるいは飛び、あるいは野に立っている。

もっと出てくるかも知れないが、わたしは角川版の『一遍聖絵』しか持たず、これ以上語ることはできない。

一遍と鳥。

わたしと鳥。

何かそこに一つのつながりが感じられてならない。

とくにわたしの眼は、超一と超二にそそがれる。いずれこの二人については、しるすつもりであるが、この二人が一遍とどんな深いつながりを持っていたかを、一番よく知っているのは、この白い鳥たちである。なぜならこの二人のことについては、一緒に伊予の桜井まで旅した聖《しょう》戒《かい》——一遍聖絵の制作者——でさえ口を黙して何も語っていないからである。でも一遍の再出家、再出発は、この絵から開始されるのであって、重要な場面なのである。その最初の絵に、鳥を飛ばせていることが、わたしにはありがたくてならない。

わたしの歌集に『石笛』というのがある。その初めのほうに「白鷺飛翔」という連作がある。これはわたしの本当の意味の出発であり、遍歴の第一歩といもいうべき朝鮮への脱出であるが、このわたしの心を一番よく知ってくれたのは、白鷺たちであった。

白鷺の群れて飛びゆく空の雲

夕日にあかくそまりながるる
白鷺はおのれそまりて春の雲
ちりぼふ空の夕を飛ぶも

白鷺はわれのかなしき化鳥《けちょう》かと
昼のひかりに飛べば思ほゆ

などと歌っている。

一遍の出発に白い鳥の群れが飛び、わたしの門出に白鷺が飛んでいる。そこにもまたふしぎなつながりがある。

『一遍聖絵』の中で、わたしが一番心ひかれるのは、この二人の女人の来し方行く末ばかりでなく、この鳥たちのように行方さだめぬ旅にあけくれてゆく、一遍のきびしさなのである。

思えば白い鳥は、年少の頃からわたしの体の中に刻み込まれている、なつかしい鳥であった。

父はまだ学校に行かぬわたしに、絵入りの『古事記物語』を買ってきてくれた。わたしは、あけくれこのいにしえの物語を、自分のことのように思って、ひとり広げて楽しんだ。後年わたしが、ふるぐにの伊勢に学ぶようになったのも、そうした血が、すでに体にできていたからであろう。わたしは今も『古事記』が好きなのである。

ヤマトタケルノミコトが亡くなられて、白い鳥となって飛んでゆかれる。それを追うて御子たちが走り、海に入ってしまわれるところなど、悲しくてならず、自分もみなしごになったような、さびしさに襲われたりした。

わたしは自分の生まれたところを知らずに育ったので、いつの間にか孤独というものがしみ込んでしまっていた。渡り鳥は巣立った家を知っていて、時がくるとどんな遠いところからでも訪れてくるのに、わたしは生まれた土地の風物を知らなかった。そのうち父は他界し、母に聞くおりもなく、母もあの世へ行ってしまった。ところが近頃わたしの詩誌『詩国』の読者である熊本のKさんから、小岱焼というのが送られてきた。詩集『朴』を差し上げたお礼にくださったのであった。小包をひらくと、感じのよい徳利とぐい呑《の》みが入っていた。そしてその窯の由来書を読んだとき、わたしの胸が高鳴りはじめた。それはわたしが何十年と求め探していた生まれ故郷の府本三七一番に近い三四八番地だったからである。わたしは早速窯元の人に手紙をしたため、わたしの詩集二冊を送り、三七一番地を探してもらった。そしてわたしは初めて自分の生まれた家が、現に今も存在していることを知ったのである。

一生涯流浪の鳥のように、巣立った家も知らずに終わるのではあるまいかと、自分の不運をはかなんでいたが、呱々《ここ》の声をあげた家が見つかったのであった。

わたしの心は急に明るくなった。しぼんでいたものがふくらみ、枯れようとしていたものが生き返ってきた。

思えばすべて詩国賦算のおかげである。一遍の心を心として歩もうと決めたことが、Kさんとのゆかりを深め、このような幸いをもたらしてくれたのであった。

わたしの詩に「詩人と鳥」というのがある。

詩人と鳥

詩人の目は

鳥の目
いつも彼方の空を
見つめている

詩人の胸は
鳥の胸
いつも住みよい国を
求めている

一遍の目は鳥の目のように、いつもみ仏を見つめ、鳥の胸のように、いつも浄土を求めていた。そのことは今のわたしとまったく同じである。彼の生きていた時代も大変な時代であった。日本最大の国難ともいうべき文永弘安の動乱のなかで、生きてきたのである。わたしも太平洋戦争に続く敗戦と降伏のなかで、生きぬいてきた。

そこで大切なことは、汝何《なんじ》をなすか、ということである。

しんみんよ、フェニックスとなって飛べ！　とわたしはわたしに命令する。酉年生まれだからである。

足

つねに前進
すべて
とどまると
くさる
このおそろしさを

知ろう

つねに前進
つねに一歩

空也は左足を出し
一遍は右足を出している

あの姿を
拝してゆこう

松山に県立美術館ができ、その開館記念として郷土古美術展が開催された。そのとき、浄土寺の空也像と、宝厳寺の一遍像とが、相並んで陳列された。おそらくこの重文の二つの秘像が、このように一緒に公開されたのは初めてのことであったろうし、もう二度とないかも知れない。そう思ってわたしは二回見に行った。いや拝みに行った。そしてこの足の出し方のちがいを発見したのである。

二人とも足の人である。

世尊を足の人として尊敬してきたわたしには、この二人の足に吸いつけられる思いがした。

あたまもアの音

あしもアの音から始まる

二つに同じくアの音をつけた古人の心が思われてならない。

わたしは一時、失明しようとしたことから、あんまさんと親しいが、あんまさんはよく足をもんでくださる。とくに足の裏をたんねんにもんでくださる。すると頭のしんまですうっとしてきて、実に気持ちがよい。そんなとき、ああ頭と足とは一つだなあと思う。

わたしが参禅して、正式に坐《ざ》を組むようになって、一番よかったと思ったのは、足の裏をしみじみと見、しみじみとなつかしむようになったことである。もし参禅でもしなかったら、わたしの足裏は、大空を仰ぐこともなかったろうし、み仏のおん姿を拝することもなく終わったであろう。そしてわたしもまた自分の足の裏の線の美しさ、ふしぎさを、知ることもなく過ごしてしまったであろう。

わたしは未明こんとんに起き、お経をとなえたりするので、家族の者の目を覚まさないように、坐を組んでいる足の裏を木魚代わりにたたいて、般若心経や観音経を誦する。そうすると足の裏のマッサージにもなって、足も喜ぶし、頭もすっきりしてくる。この話をすると、いい話だ、わたしもこれからそうしようと喜び賛同してくださる。

わたしにはいくつかの足の裏の詩があり、また文章もある。

思えばわたしが仏縁を結ぶようになったのも、足からであって、頭からではなかった。そのことをわたしはとくにありがたく思う。

父の急逝によって母とわたしたちは、父の里の村に移った。生活も急変した。そこでわたしは自分のはくものは自分で作った。坂ばかりの山の村だったので、みな草履だった。わたしは草履作りを覚え、自分のはくものだけでなく、人のはくものも作った。あとでそれがいくらかのお金や品物になることもあった。

わたしが初めて奈良の薬師寺を訪れたのは、伊勢の学校に入学したときであった。境内にはわたしひとりであった。わたしはまず仏足堂に行き、仏足石を拝した。そして本堂の大仏像を見せてもらった。あのときの感動を今も忘れることができない。

もう扉はしまっていた。でも門番の人は大きな鍵《かぎ》で開けてくれた。そして私に一本の大きなろうそくを渡し、火をつけてくれた。わたしはひとり中に入った。巨大な仏像の影が、ろうそくの光によって動くのが、わたしには何ともいえぬ感激であった。わたしが神道の学校に入りながら、仏教に心ひかれていったのも、薬師寺でのこうしたふしぎな縁《えにし》からであったろう。

みあとつくるいしのひびきはあめにいたりつちさへゆすれちちははがためにもろびとのために（御跡造る石の響きは天に至り土さえ揺すれ父母がために諸人のために）

これは仏足石歌の一つであるが、若き日、手に触れて読んだ感動が、今も体のどこかに残っている思いがする。

わたしが初めて一遍上人の誕生地である道後の宝厳寺にお参りしたのは、まだ宇和島にいる頃であった。わたしはひとり訪れた。そのときの感動も忘れ得ない。

上人像は高いところにあったので、そのおん足に触れるのがやっとであった。わたしはおん足に触れた手を合わせて、対面の喜びにひたった。

聞法《もんぽう》因縁五百生《しょう》
同席対面五百生

そうした言葉が思われてならなかった。

一遍智真
捨て果てて
捨て果てて
ただひたすら六字の名号を

火のように吐いて
一処不住の
捨身一途の
彼の狂気が
わたしをひきつける

六十万人決定《けつじょう》往生《おうじょう》の
発願《ほつがん》に燃えながら
踊り歩いた
あの稜々《りょうりょう》たる旅姿が
いまのわたしをかりたてる

芭蕉の旅姿もよかったにちがいないが
一遍の旅姿は念仏のきびしさとともに
夜明けの雲のようにわたしを魅了する
瘦手合掌《そうしゅ》
破《は》衣跣《いはだし》の彼の姿に
わたしは頭をさげて
ひれ伏す

という詩が生まれたのは、このときであった。足の人一遍智真の偉大さが、わたしに本当にわかってきたのである。

日本仏教の開祖のなかで、一遍ほど歩いた人はない。聖絵には高下駄《げた》をはいたり、わらじをつけたりしていられるが、はだしのときも多かったと思う。

わたしは世尊の足の次に、一遍の足をおこうと思う。そしてさらに唐三蔵法師玄奘《げんじょう》の足を思い浮かべる。そうして仏教の仏教たるところは、この足の裏の教えにあることを思う。

頭の教えになってしまった今の仏教を、世尊のときと同じく、一遍その人と同じく、本来の姿に返すことができないなら、自分ひとりでもいい、足の宗教としての実践行を受け継いでゆこうと思う。

石油資源に乏しいこの日本にも、車の増大は恐怖さえ伴っている。多くの人命が毎日どれほどこの凶暴な車のために奪われていることか、いやその排気ガスのため草木すら侵され枯れ死しつつあるか。歩くことを忘れ、足の尊さを忘れた人間どもの頭から生まれてきた水爆という最大の殺人爆弾が、この地球をすら破壊しようとしている今日である。

わたしは車を捨て靴を捨てて、一切の文化文明の衣を脱ぎ捨てようとしている若い反逆者の群れに心を寄せる。そして一遍のあの破れ衣に、あのはだしの姿に、限りない敬仰の念の湧くのを覚える。

わたしは頭の人より足の人が好きである。わたしは別府の上人町にお住まいになっていられる杉村春苔尼先生のお庭に落ちていた小さい石を持っている。それは黒い美しい石で、かわいい足そっくりの石である。そしてその裏にはちゃんと、あの仏足にある円相さえ自然に刻み込まれている。

大海の中から、石笛をお授けいただいたわたしは、ああこれは大詩霊さまが、大地の中からお授けくださったものだと思った。上人町というのは一遍さんが伊予の国からやってきて、温泉をひらいてくれたので、豊後の人たちが感謝してつけた上人ヶ浜に沿うた町である。

足の人一遍ゆかりの地にころんでいた小さい仏足石は、長い間わたしとのめぐりあいを待っていたのである。わたしには石笛と共に大切な霊石である。この石を手のひらに乗せて拝んでいると、先生のお姿が浮かんでくる。少女の頃から老師について禅を学ばれたという先生の光るお顔が浮かんでくる。先生と足の裏の話を、あるときK子さんが話してくれた。

それは農家で一番忙しい田植え時の頃である。共同温泉場で、老女が先生の足の裏を見せながら告げる。

手が足りなくてわたしまで田植えにかり出されて、毎日田んぼに入っておりますと、足裏の皮が割れて、これこんなに血が出て、それは痛くて眠られないほどです。本当に百姓はつらいものです、と先生に訴える。それをじっと見ていられる先生のおん眼、おん心。K子さんはそばで二人の話を聞きいって感動にうたれた。

そしてその翌朝のことである。K子さんが先生の足裏を見ると、きのうの老女とまったく同じように、先生の足の裏が割れ、血がにじんでいる。K子さんは何度かこういうことを目撃してきたので、先生が相手の人の苦しみや病気を、自分でとってしまわれる大悲のおん姿に涙をにじませた。

さてそれからいく日か過ぎて、温泉場で老女に会った。そのとき老女は先生に、こういった。

ふしぎなこともあるものです。お話しいたしましたあの翌朝、ふと足の裏を見ますと、すっかり治っているのです。まったくふしぎなこともあるものだと思いました、と。

それを聞いて、そうでしたか、それは本当にようございました、と先生はいっていらっしゃる。

K子さんは感動で一ぱいになり、先生の偉大さに感極まったという。

絵物語にでもしたい美しい話である。

師

人間として最高の喜びは、終生の師にめぐりあうことである。

人間と動物との一番大きいちがいは、一大回心を持つことである。その他のことは大なり小なり、彼らは彼らなりに秩序と社会性とを持っている。いや、人間がすでに喪失した大切なものを、むしろ彼らに学ばねばならぬことさえ相当あるといってもよい。そういうところまで文明の危機はきてしまっているのである。

われわれは人間に生まれてきたのが幸福か、他のものに生まれてきたのが喜びか、それは論じられないところまできてしまった。そしてそれは年と共にいっそう、その重苦しさを加えつつある。早く滅びてしまった民族や鳥獣など、むしろ幸せだったかも知れない。

わたしは近頃少し体をこわして、木の実の粉末を食べたり、草の汁を飲んだりして、健康の回復に努めているが、大自然の一木一草に宿っている摩訶《まか》不思議な力を、今さらのごとくしみじみと思い知るのである。

危機というものは、いつの世も人間がつくり出すものである。それは人間の業《ごう》かも知れない。そしてそういう業のなかに生まれ、生きねばならぬわれわれにとって、師とのめぐりあいのふしぎは、星のように光り輝き、虹《にじ》のように美しい。それにしても、そのようなただ一人の師にめぐりあうということは、いかに至難なことであろうか。

長い人類の歴史のなかで、わたしが一番感動するのは、師にめぐりあった弟子の喜びの言葉である。

この世に残されている憂苦哀恋愛慕の物語など、いくとせ経てもなお心打たれるものを持っているが、生きがたい世に生きる力を与えてくれ、嘆き悲しみを慰め癒してくれるものは、何としてもよき師にめぐりあった人たちの残してくれた語録である。

すべては出会いである
川も出会いの喜びに

音をたてて流れてゆく
その川のべに立っていると
わたしは師にめぐりあった喜びを
川と共に語りたくなる

一遍の師は空也であった。

「空也上人は我が先達なり」と、いい切っている。むろんこれは、この世でのめぐりあいではなかった。しかしこうしためぐりあいもまた尊いものである。歴史を飾る美しい話である。

わたくしのタンポポ堂から、そう遠くないところに浄土寺がある。四国八十八ヶ所の四十九番の札所になっているが、訪れてまず目に入るのは空也松である。県の指定文化財になっているが、空也がここに来て植えたと言い伝えられているほど枝垂《しだ》れて、そのゆかしさを偲《しの》ばせている。山頭火の句に「松はみな枝垂れて南無観世音」というのがあるが、「松はみな枝垂れて南無阿弥陀仏」といいたいほどの老松である。わたしは詣でるたびに松毬《まつかさ》を拾ったり、鐘を撞《つ》いたりして時を過ごすのであるが、ここには秘仏として年一回開帳される空也上人像がある。これは京都六波羅蜜寺《ろくはらみつじ》にあるのとまったく同じものであるが、京都で拝した空也像と、このお寺で拝した空也像とは、まったくちがう感じがした。

訪れる人もないひっそりとした、その名もゆかしい浄土寺で、特別扉を開けてもらって拝したときの感激は、いまだに忘れがたいものがある。

寺僧の説明もいらぬ
ただ向かい合っていればいいのである
そこには二人だけの世界
静寂が時空を取り除いてくれる
だからじっと座《すわ》っていればいいのである
そしてそこに生まれてくるものこそ
しんの出会いの

生きたいのちの喜びなのである

浄土寺から宝厳寺までの道はかなりある。しかし秋の風に吹かれながら、空也を思い、一遍を慕うて歩く、山のべの道は楽しい。

草がむかしを語ってくれる
木がその声を伝えてくれる
石が沈黙の口を開いてくれる
四国の道にはそのようなゆかしさが
今も残っている
捨てて捨てて
捨て果てた
二人の聖《ひじり》の通っていった

あしおとが
今も聞こえてくる

空也と一遍との出会いはうつつではなかった。しかし現実以上に強いものがあった。二人ともそういう性質を持ち、そういう生き方をした。二人にとっては、浄土とこの世との扉などはなかった。夢もうつつも同じであった。いつもそれは通い合っていた。だから空也の口からは、六体の仏が出たり入ったりするのであった。

永遠の世界（弥陀の世界）に生きる者には現世も後世もない。みな一つなのである。だから、たとい空也との出会いが、現世の出会いでなかったとはいえ、それは問題ではなかった。そういう出会いの仕方を、今の世の人は知らないし、知ろうともしないのである。もちろんわたしも今の世に生きる者であるから、一遍的なめぐりあいよりも、うつつの出会いが嬉しいのである。

わたしがこの世でただ一人の師と仰いできた杉村春苔尼先生にお会いしたのは、昭和二十八年の三月二十七日であった。しかしそれはあくまでうつつの出会いであって、それまで心の世界では、あけくれお会いしていたといってもよかろう。うつつの出会いまでには、そのように長い年月があった。それゆえにこそいっそうこの日が尊いのである。

わたしが伊予（愛媛県）吉田の大乗寺の禅門をくぐるようになって、まず聞かされたのが、ここにしばらく身をひそめて過ごしていられた春子夫人のことであった。その頃はまだ有髪のひとであった。姓も杉村でなく赤松であった。先生が美しい髪を切り捨てて尼僧のおん姿になられた。そのことについては長い物語になるので、今ここにしるすことはできないが、わたしは大乗寺の一木一草一石にいたるまで、先生のおん姿を感じ、お会いする日のゆかりの熟するのを待った。

大詩霊さまのおんはからいの深遠広大を思うたび、わたくしは先生とのめぐりあいの用意が、いかに深く、いかに長い間なされていたかに感泣したくなる。

わたしは如浄と道元とのことも知っていた。法然と親鸞とのことも知っていた。しかしわたくしのめぐりあいは、わたしだけが知り得るものであって、仏縁の広大にして無辺なことを、初めて体験したのである。

ここでは一遍が主であるから、先生のことをそう語ることはできないが、一度限りの人生に、大回心を与えてくださる方の出現が、すべて大慈大悲の仏陀のおんはからいに起因することを、わたくしはこの世に残しておきたいのである。

一遍が空也を先達と仰いだのは、

一つ　乞食《こつじき》の聖であったからである
一つ　一所不住、捨身遊行の僧であったからである
一つ　念仏下化《げか》衆生の行者であったからである

師と仰ぐからには、自分の行く道と、師の道とが、一つでなければならない。地獄までもいとわない決定心は、今の世のわたしにもある。嬉しいことである。ありがたいことである。わたしも師という言葉よりも、先達というのが好きである。

六十万人決定往生の発願に燃えながら、日本国中を賦算し歩いた一遍を思うたび、わたしはまだまだ自分の足りなさが嘆かれてならない。

酒肉を絶ち
五辛を絶った一遍
麻の衣を身にまとい
草のしとねにあけくれた一遍

このような僧が、かつて日本にいたであろうか。つんぼやおしや非人、乞食たちに、かくも慕われた開教の祖がいるであろうか。

一切の権威も彼の眼中になかった。

一切の野心も彼の心中になかった。

道元にもない、法然にもない、親鸞にもない、どん底的なものが、一遍にはあった。そのどん底的なものが、わたしをひきつけてやまないのである。

わたしは鎌倉に行く途次、藤沢にある時宗の総本山遊行寺に詣でた。そのとき時刻はまことによくて、登霊殿の石段に立っていると、西方には沈む日が光り、東方には月が輝き出し、わたしを感動させた。

そのとき、わたしの胸に去来したのは、一遍が開教の祖になんかならなかったら、もっと幸せであったろうということであった。だれ一人お参りしている人もない本堂で、わたしは「孤独独一」を説きながら、捨聖の道を歩んだ彼の真の姿が、このような殿堂の中に存在しないのが、当然であるように思われたりした。兵庫の観音堂で一切の持ち物を焼いて死んでいった彼を尊敬するゆえに、わたしはこのような壮大な構えを拒否したくなる。むしろ苔《こけ》むした塔の下に眠っている彼が、ふさわしくなつかしい。わたしと教団とは無縁である。わたしは裸の一遍とじかに触れ合えばいいのである。

若い人からナムアミダブツの声が消えようとしている。いや消えたといってもよい。

それはなぜだろう。

お互いよく考えてみなければならぬ。

わたしは一遍その人からナムアミダブツの声を聞かねばならぬ。聞かせてもらわねばならぬ。

秋が日一日と深まってゆく。タンポポ堂は白萩のまっさかりである。

捨

わたくしが一遍に強く心ひかれるのは、この「捨」である。むろん捨聖一遍といわれただけ、当時の人も、この捨に一番心ひかれたのにちがいない。

日本の開教の祖師たちのなかで、一番釈尊に近い生き方をしたのは、一遍その人ではなかろうか。

河野家という家も捨て
妻も子も捨て
破れ衣に素足で
日本国中を称名念仏し歩いた僧は

一遍一人ではなかろうか
従って寺もなければ著述もなく
ただ南無阿弥陀仏の六字に帰一し
南無阿弥陀仏が
南無阿弥陀仏を
となえるという処《ところ》までおしすすめ
すべてを捨て切った僧は
一遍よりほかに求めることができない
「捨」こそ一遍の生命であり
一遍その人の光である
山河称名という一遍独自の世界も
捨離して初めて展開してくる

広大にして無辺な仏世界である

わたしからいわせれば一遍なきあと、時宗という教団を組織し、既成の他の宗旨と対抗しようとしたそのことに、あやまりがあったと思う。

教団ができれば造寺も必要となってくる。信者のために権威づくりも考えねばならぬ。そうすると宗祖一遍が捨て果てたものと、まったく正反対な現象が起こってくる。つまり時衆と称した頃の真生命がうすれ、やがて衰微してゆくのは当然のことなのである。

わたしは総本山遊行寺の庭に立ちながら、そのようなことをしみじみと思った。さびしかったけれど、境内の大銀杏《いちょう》だけがわたしの心を慰め、わたしの心を励ましてくれた。わたしは垂れた乳のようなこぶをいくつも持っている大きな銀杏に手を触れて、じかにナムアミダブツの声を聞きとった。

宗門の人よ
嘆くなかれ

時宗教団は衰微しても
宗祖一遍は
却《かえ》ってそのため復活し
光を増してこられるのだ
本然の姿になって
出現し給《たも》うのだ
ああ山河草木
みなナムアミダブツをとなえ
日月の光のように遍満してゆくのだ

と、わたしは叫びたくなる。
捨には何の権威づけもいらぬ。一本の木で結構だ。一個の石で結構だ。
それにしても日本人ほど、この権威づけを好むのも珍しいと思う。

わたしは世尊の最後のお言葉が一番好きである。わたしはこのパーリ語の言葉をとなえて道を歩く。そうすると自然に歩む足にリズムが出てくる。

バヤダンマー　　すべてのものは
サンカーラー　　うつろいゆく
アッパマデーナ　　おこたらず
サンパーデートヮ　　つとめよ

あるときある人がわたしにいった。あなたの歩き方はどうもちがう。どうしてだろうと。そこでわたしはその人に、念仏をとなえたり、パーリ語のお言葉をとなえたりして歩いていることを告げた。

おそらく一遍上人も、称名念仏して歩かれたであろう。『一遍聖絵』に出てくるあのリンリンたる姿は、念仏のかたまりといえる。

一代の聖教みな尽きて
南無阿弥陀仏になりはてぬ

これほど一遍その人を表しているものはない。これは死ぬ十三日前、所持のすべての書籍などを自ら焼き捨てていわれた言葉であって、わたしが一遍に心ひかれてならないのは、こういうところである。

わたしは二十代の終わり頃から一研究家として立とうと思った。それはまだ充分に究明されていない新派和歌の研究であった。

わたしは朝から借用証書を書き、電報為替で参考文献を買い求めた。そうしていつの間にかこの方面ではわたしが一番文献を持っていた。これが敗戦によって引き揚げることになり、一切を捨てねばならなかった。わたしは牛車一台一ぱい積んで、朝鮮の若い詩人の家に託して日本に帰った。やがて朝鮮大動乱となり、南北に分かれてしまった。預けた家もどうなったか。本もどうなったか。若かった彼もどうなったか。

それ以後わたしは研究ということを捨てた。わたしの捨ての第一歩ともいうべきものであろう。むろん一切を捨てて引き揚げたのはわたしだけではないが、わたしはこれを転機として、捨ての生活に入ったのであった。そうしたわたしゆえ、一遍との結びつき、一遍とのつながりも生まれてきたのだと思う。

捨は
空といってもよい
無といってもよい
菩薩の若さ
菩薩の美しさ
みなそれは
空からきている
無からきている
捨からきている

また捨は
まかせることである
木が美しいのも
花が匂うのも
この捨からきている
歴史を見てみるがよい
民族も国家も個人も
みな繁栄のために滅んでいる
持たなくてもよいものを
持ったがゆえに自滅した
わたくしが世尊の教えに心ひかれるのは

捨の実践者だからである
国を捨て
位を捨て
妻を捨て
子を捨て
己を捨て
糞雑衣《ふんぞうえ》をつけて入山された
それを思うと
アメリカとソ連とが
水爆を捨てない限り
世界は平和にならないし
人類はいつも戦争の恐怖にさらされ

やがては地球最大の危機がやってくる
捨こそ世界平和の鍵《かぎ》である

東洋の文芸、わけても日本芸道の特色は、捨である。茶道も華道も、短歌も俳句も、究極は「捨」の一手である。

わたしは二十歳のとき、短歌一途に進もうと思った。爾来《じらい》二十年、三十一文字の世界の中で生きてきた。捨てて捨てて、三十一文字にする。これが短歌の道なのである。万葉集の時代の人はおのずからこれができた。だから今も生きているのである。

無一物で引き揚げたわたしは、無一物で四国へ渡った。そんなわたしたちにもいつの間にか持ち物がふえ、宇和島から松山に転居するとき、ああいい機会だと思ってずいぶん焼いた。ちょうど仏海寺の山林の下だったので、毎日その山すその空き地で燃やした。人間というものは、さして必要のないものをずいぶんと持ち歩いているものだと思った。心とて同じだと思う。一遍さんが焼き捨てたのは、持てる品物だけではなかったろう。ああこれで、すがすがしくなった、やっとあの世へ行ける軽い体になったと、物と心とを火中に投じられたと思う。何一つ持たずに裸で生まれてきたわたしたちだ。何一つ持たずに終わりを告げよう。それは仏の願いなのである。そして仏の弟子たちの大切な願いでなければならぬ。一遍さんはそれをやったのである。それがわたしには尊くありがたいのである。

わたしは年少にして芭蕉の句を愛誦し、その生き方を敬慕した。とくに『幻住庵記』の最後の、

いづれか幻のすみかならずやとおもひ捨てて臥《ふ》しぬ

という言葉を好んだ。わたしも、どうにもならないときはサッと寝てしまう。目が覚めると昨日の悩みなど、うそのように消え失せ、リンリンとしたものがよみがえっている。「おもひ捨てて臥しぬ」とは、まことによい言葉で、一遍が芭蕉に流れていることをわたしはたびたび口にするが、ここにもそれがいえて実に嬉しく思う。

一遍上人語録の中で、華の中の華ともいえる、興願僧都に示し給うた手紙の一節をあげて、その詩魂の一端をしるしておこう。

念仏の行者は智慧《ちえ》をも愚痴をも捨て、善悪の境界をもすて、貴賤《きせん》高下の道理をもすて、地獄をおそるる心をもすて、極楽を願ふ心をもすて、又諸宗の悟りをもすて、一切の事をすてて申す念仏こそ、弥陀超世の本願にもっともかなひ候へ。

とある。まことに凜々《りんりん》とした捨である。もう一つあげよう。これも語録の中にある。

万事にいろはず、一切を捨離して、孤独独一なるを、死するとはいふなり。このゆへに生ぜしもひとりなり、死するも独なり。されば人と共に住するも独なり。そひはつべき人なき故なり。

という。まことに朗々とした「捨」である。

捨身一途の一遍の五十一年の生涯と、芭蕉五十一年の生涯とが同じであることが、わたしには何より嬉しい。

絆

『一遍聖絵』の「旅立ち」のところに、謎《なぞ》をふくんだ絵がある。

知っているのは、この絵のプロデューサーである聖戒であるが、彼は何もしるしてはいない。いやむしろしるすことを控え、かくそうとさえしている。そういうところが、われわれにはかえって興味をそそる。

今後多くの伝記、研究書が出ても、この謎を解くすべは永久にないかも知れない。だから揣《し》摩《ま》臆《おく》測《そく》して書き綴《つづ》ってゆくほかはない。

わたしはかつて一遍について話をしたとき、超一を一遍の妻とし、超二をその子とし、念仏房を付き添いの比丘《びく》としたのであったが、ある人は超一を姉とし、超二を妹とし、念仏房を二人の母、つまり一遍の妻としている。またある人は超一、超二を二人妻として語っている。念仏房を比丘と見る人、比丘尼と見る人、まちまちである。

とにかく、この絵で念仏房を女とすると、四人の女性が描かれていることになる。見送っているのは、一遍のもう一人の妻ともいえるし、また聖戒の母であるともいえる。

時は文永十一年の二月（旧暦）である。聖絵を見ると何の花か、まっ白く咲いている。たぶん桜かと思われる。

一遍の胸中を思うと、今のわたしでも胸が熱くなってくる。こういうときが人間にはあらねばならぬ。それが積もり積もって大きな火となるのである。

人とは絆《きずな》を断つとき
火が燃える
火というものは
そういうものだ
ただそれが
劫火《ごうか》となるか

聖火となるか
それはその時の
火の性質いかんによる

そんなことをわたしは思う。西行の火、芭蕉の火、そうしたものが浮かんでくる。

とにかくこの旅立ちに複雑な事情がからんでいることは、一見してわかる。つまりこの女たちを家に残して旅立つことは、どうしてもできない深い事情があった、と推察すべきである。

一遍出家の動機に、愛欲説が出たり、あるいは、殺されようとしたという家督相続からと思われる醜い争い説が出たりするのも、あまりあらわにしたくない複雑さがあったことは、事実といってよかろう。

捨聖といわれた一遍が、女房や子どもを連れて旅立っているのが、わたしには大変嬉しいのである。西行は慕い寄る子を縁から蹴《け》りころがして家を出たという。その激しさに若いときには心ひかれたが、今のわたしにはこうした話は高僧伝めいたものを感じて、心ひかれなくなった。そしてむしろ一遍のほうに、素直に心が寄ってゆくのである。

聖絵を見ると、超二も超一も、いそいそとしている。旅立つことの喜びに心が躍っているように見える。解放された者が、風をおいしそうに吸っている面ざしである。今でいうなら修学旅行か遠足にでも連れていかれるような、浮き浮きしたものが感じられる。ところが主人公の一遍を見ると、これはまたなんと、考え込み、思い込み、体全体がひきつった、堅苦しいものに見える。前途がどうなるであろうというような不安と焦躁《しょうそう》とが、足にも顔にも見られる。頃はちょうど、桜のさかりだったと見えて、遠山に白々と匂うように咲いているが、彼はそんなものを見てもいないし、見ようともしていない。まともに眼を見たとしたら、幾晩も眠れず思いつめ、ここまで決心するにいたったその両眼は、血ばしっていたであろう。自分の生涯をかけての旅であったし、どこで死ぬかわからぬ運命をかけての旅であった。

それも再出発、再出家だけに、彼はすべてをこの旅にかけていた。そこへゆくと芭蕉など、まだまだゆとりを持っていて「月日は百代の過客にして」と、名文調で書き出しているが、一遍にはそんなゆとりなどまったくない。

絆を断つということは、容易なことではない。そしてそれはだれにでもできることではない。

自分の道をまっしぐらに行こうとする以上、どこかで絆を断たねばならぬ。それができない以上、本ものにはなれない。

剃髪《ていはつ》して尼僧の姿となられた杉村春苔先生を思うたびに、絆を断つということの深い意義を考える。

先生は尼僧のお姿はしていられても、在家にあって、在家の人たちと暮らしを共にしていられる。

美しい黒髪を落としてしまわれたお話を聞いたとき、先生のような動機で俗縁を断った人は他にあるまいと思った。

仏教は世尊その人が、絆を断たれた人だから、やはりここに重点がおかれなくてはならない。それが俗人と同じようになっては、仏教の特性は失われてしまう。肉食妻帯もよかろうが、やはり中国僧や南方派僧のように、厳然としたところがあって、国民の尊崇も集まってくる。わたしは大乗仏教という名のもとに、何もかも崩してゆくことは、賛成できないのである。

一遍は自分を下根《げこん》の者なりとして、世尊本来の道を守り通していった。そこにわたしは頭をさげる。そのように頭をさげさせるものが一遍にはある。

僧らしい道を行ったからである。

まっすぐな道でさみしい

これは種田山頭火の句であるが、このさびしさはリンリンとして一脈、一遍につながるものを感ずる。

さて聖絵にもどるが、連れの聖戒は、伊予の桜井というところで別れてしまうのであるが、それからこの四人の人たちは、どのような旅を続けたのであろうか。

念仏房を女とすれば、三人の女を連れての一遍の旅となる。

三人はどうなったのであろうか。一切は謎である。何もしるされていない。評伝者はいろいろのことを書くであろう。わたしも書きたいものを持っているが、所詮《しょせん》は小説にすぎない。胸に温めておくほうがよい。

芭蕉と寿貞との間も謎である。そのほうがよい。

一番知っている聖戒が書かなかったのだから、もうどうすることもできない。

聖絵から消えてしまった超一よ超二よ。いつかわたしの夢にでも現れてくれ。

さてもう一度本筋に返ろう。

一遍から一切の絆が断ち切られたのは、熊野本宮の神勅以後と断じよう。

智真を一遍と改めたのも、ここの神勅によってである。

思えば一遍を一遍たらしめたのは、経典ではなくして、熊野大権現《ごんげん》だったのである。

彼の大回心、大転回は、神勅だった。

絆は大権現の言葉によって、完全に断ち切られたのであった。

彼にはもう超一や超二のことなど眼中になかった。聖絵から消えたのもそのためであろうか。

彼はもう別の人間となったのだ。

釈尊にひらかれた新しい世界、新しい人生、新しい空、新しい光、それと同じように一遍にも、新しい声が聞こえてきた。

聖絵を見てすぐわかるように、この大回心以後の一遍の姿には、何か霊気のようなものが感じられる。

断つべきものを、すっきりと断ってしまったからである。

『播州法語集』七十に、

迷も一念なり、悟も一念なり。法性の都を迷ひ出しも一念の妄心による。迷ひをひるがえすも一念なり。然れば一念に往生せずば、無量念にも往生すべからず。(中略)凡《およ》そ一念無上の名号にあひぬる上は、明日までいきて悪事なし。即ち死せん事こそ本意なれ。しかるに娑婆《しゃば》世界にいきて居て念仏を多く申さん、死にはしまいと思ふ故に、多年の念仏者も臨終仕損ずるなり。仏法には、身命を捨てずしては、証利を得る事なし。仏法にはあたいなし、身命を捨る、これあたいあり。是を帰命といふなり。

とある。

捨聖として立ちあがった一遍の面目が、実に躍如としているので抄した。

一遍はこのとき三十六歳であった。

やっと一切から解放され、風の一遍となってゆくのであるが、わたしはこの風の一遍が好きである。

山頭火の句に、

春風の扉ひらけば南無阿弥陀仏
風の中声をはりあげて南無観世音
秋風の旅人になりきっている
法衣ふきまくるはまさに秋風
少し熱がある風の中を急ぐ
なんでこんなに淋《さみ》しい風ふく
秋風あるいてもあるいても

というのがあるが、山頭火も一遍におとらぬほど歩いている。

風の一遍

風の山頭火
二人とも絆を断って
一人は六字の名号を
山河と共にとなえながら
日本全国を歩いた漂泊僧
もう一人は短い詩に
自分のいのちを打ち込みながら
幾山河を越えた句三昧の放浪僧
もしもこの二人があの世で相遇《お》うたならば、

焼捨てて南無阿弥陀仏となりはてぬ　一遍
焼捨てて日記の灰のこれだけか　山頭火

などの句を示しながら、話に花を咲かすことだろう。

遊

むらぎもの心楽しも春の日に
鳥のむらがり遊ぶを見れば

この里に手まりつきつつ子供らと
遊ぶ春日は暮れずともよし

世の中にまじらぬとにはあらねども
ひとり遊びぞ我はまされる

わたしはこういう和歌によって、良寛に近づいていった。

八歳にして父の急逝にあい、父の生まれた坂ばかりの貧しい山村に移り住んで、一人の友もなく過ごしてきた少年の心の中に偲び込んできたものは、雲であり、鳥たちであり、木々であり、流れる水であった。

そうした心は青年になっても消えず、かえって深まっていった。

わたしはひとりの世界が一番よかった。一番楽しかった。良寛のいうひとり遊びの中に、わたしは無限を感じ、悠久を味わった。

そこには何一つわたしを拘束するものはなく、自由でのびのびとしていて、いつも温かい愛があった。

中学（旧制）を終えて伊勢の学校に行ったとき、ひとり遊びの文学である短歌に心ひかれて、青年時代のすべてを、この三十一文字の中で過ごしたのも、わたしにとっては自然であったろう。

わたしは万葉の歌に親しみ、島木赤彦の歌に心ひかれ、いつとはなしに良寛と結ばれていった。

とくに自分の住むところをタンポポ堂と名づけ、あくまで野の人間として詩一筋に生きようとしたとき、良寛の世界がぐっとわたしに接近した。
わたしの詩に「交遊唱和」というのがある。

交遊唱和

大愚良寛
詩愚真民

良寛さんは
一月六日に死し
わたしは
一月六日に生まる

良寛さんが
鉢の子にすみれたんぽぽこきまぜて
三世《みよ》の仏にたてまつりてむ
と歌えば
わたしは
たんぽぽを三千世界に飛ばすまで
守らせ給え三世《さんぜ》の諸仏
と和す

ああ
この二人よ
かくも相結ばれ

かくも交遊す

楽しきかな

奇《く》しきかな

という詩である。

良寛さんの遊戯三昧《ゆげざんまい》の境涯に到り着くまでには、わたしはまだはるかな遠い旅を続けねばならないが、いつの日か大般若が説く「遊戯し三昧す」というところまで行きたいものである。

わたしは詩集『三昧』を出版したときも、この「遊戯し三昧す」という言葉に深い感動を覚え、少々かたいけれども、これを道標とも思い、また使命とも思い命名したのであった。

そうしたわたしの歩みが、一遍さんと相結ばれる由縁をなしているのである。

遊びをせんとや生れけん

戯《たわぶ》れせんとや生れけん
遊ぶ子供の声聞けば
我が身さえこそ動《ゆる》がるれ

これは『梁塵秘抄《りょうじんひしょう》』の中の有名な歌であるが、わたしがこの歌を知って驚喜したのは、まだ二十代を出たばかりのときであった。

伊勢で過ごした青春の日の四年間は、学問というよりも、わたしの心をこうした世界に遊ばせる純粋なものが、その多くを占めていた。

さらに秘抄には、

戯れ遊びの中にしも
尖《さき》らに学びし人をして
未来の扉を尽くすまで
法華に縁を結ばせん

という歌もあって、この遊戯三昧の世界が、わたしを宗教へと発展させていった。

このようにわたしの辿《たど》りきたった歩みを振り返ってみると、一遍さんとの結びつきのふしぎな縁は、もう目の前まできていたのである。

でもそれは日本国史上最大の悲劇がなかったら、この二つの星は相近づきながらも、また永久に遠ざかっていったであろう。そう思うと無条件降伏というかつてないこの歴史的事実は、わたしにとっての大詩霊さまの一大恩寵《おんちょう》だったのである。

仏島四国がわたしを待っていた。そしてそこに生まれた一遍さんが、わたしを呼んでいた。

二人はだれの手もかりずに、いつの間にか握り合っていた。

そして「一遍智真」の詩が生まれ、空也——一遍——真民の系譜の中に生きようという決定心が生まれたのである。

遊行を離れて、賦算はない。

この二つは一遍にとっては、一つだったのである。

今日では「遊び」をレジャーの意味に解してしまっているが、もともと遊びのなかには「道を求めて」というのが、いつもその裏にあった。むろん道とは堅苦しい儒教的なものではなく、日本人的な底ぬけに明るい豊かなものであって、のちの封建的武士的な道というものとは、まったくちがったものであった。わたしはこれを「清く明るく直《なお》く」という「神ながらの道」とでも表現しようか。そういう古事記的な世界のおおらかさが、日本古来の道なのである。そのような世界に悠々と遊ぶのが、遊びの本義なのである。

『梁塵秘抄』の中のあの有名な「遊び戯れ」の歌が、かりに遊女の歌であったとしても、そこに見られるものは、愛欲煩悩の火焔《かえん》ではなくして、しみじみとした人間味豊かな、自然そのものの哀歓でさえある。そういうところが、西洋の遊びとまったくちがうのである。

一遍の百利《ひゃくり》口語《くご》の中に、

畳一畳しきぬれば
狭しとおもふ事もなし
念仏まふす起ふしは
妄念おこらぬ住居かな

道場すべて無用なり
行住坐臥《ぎょうじゅうざが》にたもちたる
南無阿弥陀仏の名号は
過ぎたる此の身の本義なり
利欲の心すすまねば
勧進聖《かんじんひじり》もしたからず
五種の不浄を離れねば
説法せじとちかひてき
法主軌則をこのまねば
弟子の法師もほしからず
誰の檀那《だんな》と頼まねば
人にへつらふ事もなし
暫らく此の身のある程で
さすがに衣食《えじき》は離れねど

それも前世の果報ぞと
いとなむ事も更になし
詞をつくし乞ひあるき
へつらひもとめ願はねば
僅《わず》かに命をつぐほどぞ
さすがに人こそ供養すれ
それもあたらずなり果てば
餓死こそはせんずらめ

彼はこう歌うのである。まことに悠々、遊戯三昧、唱名三昧、念仏三昧である。

ちなみに一遍上人語録は、このような七五調からなる長篇の和讃詩から始まるのであって、別願和讃が八十六行詩、百利口語が百九十二行詩、まことに日本韻律史上、稀有《けう》にして卓越せるものである。

わたしはかつて年賀状にただ「遊」の一字だけを書き、みなさんにあげたことがある。

新しい年を迎えるにあたり、わたしも新しい出発をしたかったからである。
『観音経』には「娑婆世界に遊ぶ」とある。わたしをひきつけてやまない言葉である。

一

一度ぎりの一は
どこからくるのであろうか
それは無常からくる
中世ほど無常な時代はなかった
一は無常の上に咲いた花である
一遍の一を思うとき

わたしは無常の深さに驚く

釈尊の教えの根本は無常である。これがわからないと、この一がつかめない。生まれて一週間して母を失った釈尊。

道元も、法然も、親鸞も、一遍も、年少にしてこの肉親の無常を体験している。そこにこれらの人につながる仏教的なものがある。

一度きりの人生、二度とない人生、この生死のはかなさのなかに、「一」をつかんだ人たちの尊い教えが、今のわたしをとらえて離さない。

わたしはよく芭蕉の『笈《おい》の小文《こぶみ》』を朗誦し、また『幻住庵記』の一節を高誦する。「一」が出てくるからである。

西行の和歌における、宗祇《そうぎ》の連歌における、利休の茶における、其の貫道する物は一なり。しかも風雅におけるもの、造化にしたがひて四時《しいじ》を友とす。見る処花にあらずといふ事なし。おもふ所月にあらずといふ事なし。像《かたち》花にあらざる時は夷狄《いてき》にひとし。心花にあらざる時は鳥獣に類す。夷狄を出で鳥獣を離《い》れて、造化にしたがひ造化にかへれとなり。

といい、また、

つらく〳〵年月の移りこし、つたなき身のとがをおもふに、一たびは仕官懸命の地をうらやみ、ある時は仏籬《ぶつり》祖室の扉《とぼそ》にいらんとせしも、たよりなき風雲に身をせめ、花鳥に情《こころ》を労して、暫く生涯のはかり事とさへなれば、終《つい》に無能無才にして此の一筋につながる。楽天は五臓の神を破り、老杜は痩せたり、賢愚文質のひとしからざるも、いづれか幻のすみかならずやとおもひ捨てて臥《ふ》しぬ。

と述べている。

もうここにくると、俳論ではない。わたしのいう文芸と宗教との一致である。わたしが芭蕉を尊崇してやまないのもここにある。

詩に生き

詩に死す

これがわたしの一貫の道である。

わたしの師は、釈尊であり、片岡山の歌の作者いかるがの太子であり、またわたしの末生以前から、わたしを守りわたしを導いてきてくださった大詩霊さまなのである。わたしは現存の師について、詩を学んだこともなく、またつこうとも思っていない。これはわたしのすべてにいえることであって、何もかもが「しんみん流」なのである。

さて一遍が芭蕉に非常に近いことはたびたびいってきた。わたしが開教の祖のなかで、一遍を一番の詩人というのも、そういうところからきている。だからこの芭蕉の文を朗誦していると、すぐに一遍が浮かんでくるのである。

智真と称していた彼が、一遍と改名したのは、熊野大権現の神勅をいただいてからである。だから彼の成道、彼の回生、彼の本当の出発は、一遍と名乗ってからである。

もう彼はビクともしなかった
大地にしっかと立ち

天空にしっかと眼を向け
不二一貫の旅立ちをした

わたしは一遍上人語録のなかから、こうした彼の姿勢を示す言葉を拾ってみた。

一心
一念
一切
一声
一体
一向
一時
一代
一度

一句
一味
独一
唯一

こういう一が随所に出てくるのである。これは中世びとの最も大きな特色でもある。道元も、日蓮も、法然も、親鸞も、只管選択《しかんせんじゃく》の道を行ったのであるが、一遍はそれをわが法名としたほど徹底していた。わたしはそういうところに、日本仏教最後の人として、一遍を敬仰するのである。

となうれば仏もわれもなかりけり
南無阿弥陀仏なむあみだ仏

という和歌のように、そこには一分のすきもない一なのである。

六字名号一遍法
十界依正《えしょう》一遍体
万行《まんぎょう》離念一遍証
人中上々妙好華《げ》

六字の名号は一遍の法なり
十界の依正は一遍の体なり
万行離念して一遍を証す
人中上々の妙好華なり

一遍法名の由来は、この六十万人頌から出てくるのであるが、一切を放下して「南無阿弥陀仏決定往生六十万人」の賦算遊行の旅が開始されたのである。

一遍とはなんという
いい名であろう
道元
日蓮

法然
親鸞
みな重い
そこへゆくと
一遍
一休
良寛
みな軽い
三人ともさんづけで呼びたい
身近なものが感じられ
ほっとする

わたしは酉年生まれのせいもあって、重いものは性に合わないようである。短歌から詩に転じたのも、短歌の重さが性に合っていなかったからであろう。わたしは、分譲建て売りの小さい軽い家に住んでいるが、このような住まいがわたしには一番適している。

いつも教信沙弥《しゃみ》を慕っていた一遍だったから、重々しいものは、一遍本来のものではない。沙羅《さら》双樹の下で涅槃に入られた世尊の無一物のおん姿が浮かんでくる。

一遍も兵庫の観音堂で一切を焼却して入滅された。

そういうことを思うと、本来の仏教は軽くなくてはならぬ。軽いのが本当の姿なのである。

随縁から智真へ
智真から一遍へ
この脱衣が
私をひきつける
それは

桃青から芭蕉へ
脱衣した詩人と同じである
ああこの二人よ
一人は六字の名号に一身を賭け
一人は十七文字の俳諧に一命を賭け
二人とも旅の地で病み
二人とも五十一歳で死んだ
一人は
　旅ごろも木の根かやの根いづくにか
　身の捨てられぬ処あるべき
の和歌を残し
一人は

旅に病んで夢は枯野をかけめぐる
の俳句を残した
共に不朽の作である

一貫の道ほど尊いものはない。また光るものはない。
一の人一遍
一の人芭蕉
共に私の師であり、先達である。
思えばこれまでのわたしのすべてが、真実を求めての旅であった。そしてこの旅は果てしなくこれからも続くであろう。それは初めがあって終わりのない旅である。でもその道連れのなんと楽しくありがたいことよ。

五章　詩一筋に生きて

詩一筋に生きて

一

わたくしの最初の詩集は『六魚庵天国』と申しますが、その終わりのほうに次のような詩を載せております。

ねがい

人生を愛するが故に詩を愛する
わたしの詩もそこから生まれなくてはならない
かなしみがよろこびとなり
ひとりのなげきが

まんにんのすくいとなり
ひとりのよろこびが
まんにんのちからとなり
水のように清められ
雲のように高められ
虹《にじ》のように美しくならなければならない
わたしの詩もそこまでゆかなくてはならない

また第二番目の『三昧《ざんまい》』という詩集の序の詩として、

貧しい故に生を愛し
愚かな故に詩を作る

死にいたるまで
人間でありたいために
人間であることのために
わたしは詩を書く
詩を作る

という詩を載せております。

この二つの詩集は昭和二十六年に出したものですが、わたくしを貫いている背骨のようなものでありまして、「一人のねがいを万人のねがいに」というねがいのもとに、小さな個人詩誌を出し、詩一筋に今日まで生きてまいりました。

わたくしは自分の書斎兼仏間をタンポポ堂と名づけております。タンポポが好きだからタンポポの花の台座にお座りになっていられる観音さまを描いていただき、毎日拝んでいるのでありますが、その部屋に一足のわらじがさがっております。これはこの春二足のわらじをはいていては、どうしても駄目だと思い、思いきって勤めをやめる決心をしましたとき、求めたものでありまして、詩作一筋に生きることを誓ったのでありました。

わたくしが参禅しましたのも悟りを得ようとしたのではなくて、どうすれば真実の自己を発見し、フラフラせず、グラグラせず、ただ一本の道を行く人間になれるだろうか、それを鍛えあげたいと思ったからです。

でも、もう年をとっていましたから若い人のようにはゆかず無理をしたため、中心性漿液性《しょうえき》網膜炎という瞳《ひとみ》の裏に水がたまる目の肋膜《ろくまく》といわれる病気にかかりました。明暗はわかっても形がはっきり見えない半盲になってしまいました。

さらにその上、内臓の諸器官が弱ってしまい、生命の光さえ消えてゆこうとしました。そのときわたしを救ってくださったのが聖観音さまであります。わたくしのために出現してくださった聖観音さまが、タンポポ観音さまと並んでおいでになります。それからもいろいろのことがありまして、やっと詩一筋に生きる筋金が入ってきたのであります。

わたしの詩に「延命の願」というのがあります。

延命の願

わたしは延命の願《がん》をしました
まず始めは啄木《たくぼく》の年を越えることでした
それを越えることができた時
第二の願をしました
それは子規の年を越えることでした
それを越えた時
第三の願をしました
お父さん
あなたの年齢を越えることでした
それはわたしの必死の願いでした
ところがそれも越えることができたのです

では第四の願は？
それはお母さん
あなたのお年に達することです
もしそれも越えることができたら
最後の願をしたいのです
それは世尊と同じ齢《よわい》まで生きたいことです
これ以上は決して願はかけませんからお守り下さい

という詩です。啄木は二十七、子規は三十五、父は四十一、母は七十三、世尊は八十で亡くなられました。

生まれたときから体の弱かったわたしが、父の齢を越えることができたとき、これからの生は余生だと思いました。だから自分のことだけを考えていってはいけない。他の人のために生きる自分というものを見いだしてゆかねばならないと思いました。しかし他に何一つこれといってできるもののないわたしは、つたなくてもいい、わたしにできる詩を書いて、父母への恩返しをしようと思いました。そういう意味で他の詩人とはちがった生き方をしております。

『観音草』という詩集の中に、「母の夢」というのがあります。

母の夢

あなたが亡くなられてから
初めてみるなつかしい夢
あなたのそばにいるのは
まだ小さいわたしひとり
人も通らぬ
さびしい小川に沿うた
たんぼのなかの墓地で

あなたは乳をしぼっては
童子の墓にかけ
乳が多くて乳が出すぎてと
苦しそうにひとりごとを言いながら
まっ白い乳汁《ちち》を
墓石にかけてまわられるのでした
ああその時のあなたの
美しかったこと
目がすっかり覚めても
そのお姿がやきつけられて
夢とうつつとの区別が
しばらくはつきませんでした

ああなたが亡くなられてから
まだ一ぺんも夢をみないわたしが
初めてみたあなたの夢
思えば親不孝なわたくしに
あなたの乳をのんだ
幼い日のあつい恩を
思いかえせとの
み仏のお知らせでしたでしょうか
チチ　チチと囀《さえず》る小鳥の声さえ
乳乳《チチ》　乳乳《チチ》と鳴くようにひびいて
山の上のあなたのお墓へと
心は遠く飛んでゆきました

この夢の中の母の行いは本当にあったことなのです。わたしが四つぐらいのときであったでしょう。母が乳もよう飲まずに死んでいった童男童女の墓に、乳をしぼってはかけ、しぼってはかけてゆくのを、わたくしはこの目で見ているのです。わたくしが仏の教えに心ひかれるようになったのも、こうした母の姿が、幼いわたしの心に灼《や》きつけられているからだと思います。わたくしの詩が他の詩人の詩と、どこかちがっているなら、このようなことがわたくしの心情となって、今日までわたしの胸の中を一筋強く流れているからだと思います。

嫁入りのとき、薙刀《なぎなた》の免許皆伝、くさり鎌の免許皆伝の巻物と、本ものの薙刀や、稽古《けいこ》用のくさり鎌を持ってきた武家の娘らしい母でありましたが、手風琴《アコーディオン》を弾いたり、大正琴を弾いたりする音楽好きの母でもありました。

仏説『父母《ぶも》恩重経』には、

計るに母の乳を飲むこと各々八斛《こく》四斗有り、母の恩を討論するに昊天《こうてん》のごとく極まりなし。

とあります。世尊のおん年の八十まで生きて詩を作っても、この昊天のように極まりない恩を返し尽くすことは、できないだろうと思っております。

二

わたくしは酉年《とりどし》生まれですから、よく自分を鳥にたとえます。きょうも鳥にたとえて話をしてみます。

わたくしは自分をきょうまで支えて詩を作らせ、この世に生かしてきた根本のものとして、三つのことを体につけております。

鳥の体にあたる言葉として
「念ずれば花ひらく」
鳥の右の翼にあたる言葉として
「二度とない人生だから」
鳥の左の翼にあたる言葉として

「めぐりあいのふしぎ」

というこの三つの言葉をしっかりと体につけて、人生を飛んでまいりました。墜落しそうなとき、もう駄目だと思うとき、飛ぶ力がなくなりそうになったとき、行く先に望みがなくなろうとしたとき、いつもこの三つの言葉に励まされ支えられて、人生という大きな果てしない空を飛んでまいりました。

「念ずれば花ひらく」は三十六歳で五人の幼子を残されて未亡人となった母の苦闘のなかから生まれてきた言葉であります。

念ずれば花ひらく

念ずれば
花ひらく

苦しいとき

母がいつも口にしていた
このことばを
わたしもいつのころからか
となえるようになった
そうしてそのたび
わたしの花がふしぎと
ひとつひとつ
ひらいていった

この「念ずれば花ひらく」をわたくしは八字十音の真言《しんごん》として、胸に刻んでとなえてきました。そうして今はこの言葉を一人でも多くの人に伝えたいと念じております。

右の翼となっている「二度とない人生だから」の詩を読んでみます。

二度とない人生だから

二度とない人生だから
一輪の花にも
無限の愛を
そそいでゆこう
一羽の鳥の声にも
無心の耳を
かたむけてゆこう

二度とない人生だから
一匹のこおろぎでも
ふみころさないように

こころしてゆこう
どんなにか
よろこぶことだろう

二度とない人生だから
一ぺんでも多く
便りをしよう
返事は必ず
書くことにしよう

二度とない人生だから
まず一番身近な者たちに

できるだけのことをしよう
貧しいけれど
こころ豊かに接してゆこう

二度とない人生だから
つゆくさのつゆにも
めぐりあいのふしぎを思い
足をとどめてみつめてゆこう

二度とない人生だから
のぼる日しずむ日
まるい月かけてゆく月

四季それぞれの
星々の光にふれて
わがこころを
あらいきよめてゆこう

二度とない人生だから
戦争のない世の
実現に努力し
そういう詩を
一篇でも多く
作ってゆこう
わたしが死んだら

あとをついでくれる
若い人たちのために
この大願を
書きつづけてゆこう

わたくしは小さいときから体が弱かったので、自然とこういう考えが身についてきたのだと思います。三つのとき赤痢にかかり、村里離れた避病舎に出されましたが、家を出るとき母が一番いい着物を着せようとしたら、どうせ焼かれて死ぬんだから、いい着物は着てゆかないといって、母を悲しませたということですし、また八つのとき、急に父が亡くなったことなどもあり、人生は一度きりだということを、何かにつけて思うようになりました。花が好きなのも、一度きりだということを、どの花もどの花も知っていて、精一ぱい自分を咲かせていることに気づいたからであります。

左の翼としている「めぐりあい」の詩を読んでみましょう。

めぐりあい

1

人生は深い縁《えにし》の
不思議な出会いだ

2

世尊の説かれた輪廻《りんね》の不思議
その不思議が今のわたしを生かして行く

3

大いなる一人のひととのめぐりあいが
わたしをすっかり変えてしまった
暗いものが明るいものとなり
信ぜられなかったものが信ぜられるようになり

何もかもがわたしに呼びかけ
わたしとつながりを持つ親しい存在となった

4

子を抱いていると
ゆく末のことが案じられる
よい人にめぐりあってくれと
おのずから涙がにじんでくる

5

めのみえないひとたちとの
ふしぎなめぐりあいが
このごろのわたしに
かぎりないちからをあたえる

てをにぎりあって
よろこびあう
めしいのひとたちとの
あたたかいまじわりが
いまのわたしに
ひとすじのひかりをあたえる

6

めぐりあいの
ふしぎに
てをあわせよう

という六節から成っている詩であります。とくにこの詩の中にある大いなる一人のひとというのは、わたくしが大詩母さまと呼んで敬仰している杉村春苔尼《しゅんたいに》というお方であります。わたくしはこのお方にめぐりあったことによって自分が変わりました。世界が変わりました。このお方にめぐりあわなかったら、本当に仏の心も仏の道もわからずに終わったでありましょう。もちろんこのほかいろいろなお方にめぐりあったおかげで、今日のわたくしができあがっていることはいうまでもないことであります。なお人間とだけではなく、わたしの好きなタンポポとのめぐりあい、朴《ほお》との出合いも大事でありまして、人間には感情があり利害があるだけに、めぐりあいの糸が切れたり、ゆるんだりするのでありますが、タンポポや朴は世の中の変化とは何のかかわりもなく、強い愛をもっていつもわたくしを支え励まし、温かく慰め導いてくれるのであります。わたくしの詩に「朴とタンポポ」というのがあります。

朴とタンポポ

わたしが一番好きなのは
朴とタンポポだ

一つは天上高く
枝を伸ばしてゆく
野の木であり
一つは地中深く
根をおろしてゆく
野の草だからである

この天上的なものと
この地上的なものを
こよなく愛するがゆえに
願えることなら

この二つを
わたしの眠るかたわらに
植えてもらいたい

風ふけば朴の花は
ほのかに匂《にお》い

タンポポの種は
訪れた人の胸にとまって
わたしの心を
伝えるであろう

わたしの家には北海道や沖縄からきたタンポポが一年中咲いております。また愛知県の山中からきた朴が、あの広い大きい葉を風に音させながら、わたくしに守られて生きるありがたさ、ふしぎさを告げ教えてくれるのであります。

三

わたくしは四国に住んでおります。わたくしは仏島四国、仏の島四国と呼んでいます。八十八ヶ所のお寺が数珠のように四つの国をつなぎ結んでいるからであります。

わたしの母は自分は弘法大師のひざがしらから生まれたから、こんなに苦労ばかりするのだといっていました。その弘法大師のお生まれになった四国に移り住むようになったのは、日本が戦争に負けたからでした。わたくしは九州の熊本県の生まれですが、一つの志をもって朝鮮に渡り、この国の土になろうと思い、この国の人を愛し教育してきました。しかし戦争は敗北に終わり引き揚げねばならなくなり、母のもとに帰ってきました。ところが縁あって四国に渡るようになったとき、母はすすんでみそなどを作り、わたしたちを四国まで送ってきてくれました。昭和二十一年の五月の末のことです。愛媛県の西海岸の静かな美しい町でした。そこには私立の小さい女学校がありました。設立されたのは、かつて日本の三大汽船の一つといわれた山下汽船の社長山下亀三郎氏で、自分の今日あるのはお母さんのおかげだ、お母さんのような子女を養成する学校を建てたいと、お母さんの里に女学校を建てられたのでした。

わたくしもこの自分があるのはまったく母のおかげであり、したがって女子教育は初めからわたしくの念願でもありましたので、この設立の由来を聞いて大変感動し、四国に渡る決心をしたのでありました。母もゆかりの深い弘法大師のお国ですので喜んでくれました。終戦後の大変なときでしたが、みんな親切にしてくださいました。ああ四国に来てよかったなあとしみじみ思いました。

四国はもう一人偉いお方を生んでいます。それは一遍《いっぺん》上人です。一遍上人は時宗の開祖ですが、道元《どうげん》、日蓮《にちれん》、法然《ほうねん》、親鸞《しんらん》は知っていても、一遍という人は知らない方も多いと思います。また禅宗、法華宗、浄土宗、真宗は知っていても、時宗は知らない方も多いと思います。それだけにわたくしは一遍上人について語ることを、自分の使命のように思っております。

一遍上人とのつながりは、わたくしが本当に詩作一筋に生きようとしたときからであります。

わたくしの詩に「一遍智真」というのがあります。

一遍智真

捨て果てて
捨て果てて
ただひたすら六字の名号を
火のように吐いて
一処不住の
捨身一途《しゃしんいちず》の
彼の狂気が
わたしをひきつける

六十万人決定《けつじょう》往生《おうじょう》の
発願《はつがん》に燃えながら
踊り歩いた
あの稜々《りょうりょう》たる旅姿が
いまのわたしをかりたてる

芭蕉の旅姿もよかったにちがいないが
一遍の旅姿は念仏のきびしさとともに
夜明けの雲のようにわたしを魅了する

痩手《そうしゅ》合掌
破《は》衣跣《いはだし》の彼の姿に

わたしは頭をさげて
ひれ伏す

という詩であります。これは一遍上人のお生まれになった道後の宝厳寺に初めてお参りしたとき生まれてきた詩であります。一遍上人は、「南無阿弥陀仏決定往生六十万人」としるした小さな札をくばって、日本全国を十五年間も歩きに歩いて、兵庫の観音堂でお亡くなりになりました。芭蕉と同じく五十一歳でした。

旅ごろも木の根かやの根いづくにか
身の捨てられぬ処《ところ》あるべき

まったくこのお歌のとおり一切を捨てて山にいね野に宿しての旅でした。宝厳寺にあります上人のお像はわたくしの一番好きなお姿でありまして、破れ衣に、はだしのまま合掌をしていられるまことに素朴そのもののお像であります。このとき生まれた詩がもう一つあります。「痩《や》せた体を」という詩であります。

痩せた体を

痩せた体を
今はもう悲しむまい
いらないものが
すべて去っていって
残るものだけが
残った姿だと思えばいい
ああやっと訪ねあてて
一遍の像に接したとき
骸骨《がいこつ》のようなその体から

わたしはかつてない熱い生命を感じた
つくつくぼうしが
しきりに鳴いていた
小さい体から出る
その声は
彼の絶え間のない
捨身一途な
名号のように思われてならなかった

世が世ならば水軍の将たるべき人でありますが、捨聖《すてひじり》といわれたように一切を捨ててしまわれました。なおわたしが上人を敬仰するのはもう一つあります。それは上人が実にすぐれた詩人肌の人であったからです。上人を知る一番いいものは『一遍聖絵《ひじりえ》』という美しい絵巻物ですが、それを見ていますと、ああ一遍という人は実にすばらしい詩人だったなあ、としみじみ思われてまいります。

花が咲いている、鳥が飛んでいる、その荒野をゆく旅僧一遍とその一行。それはまったく絵が語る詩であります。だいたい詩人の条件というのは、詩を作るから詩人といえるものではなくて、豊かなポエジーを持っているかどうかによって決まるものです。一遍上人はその豊かな詩人的性質を体一ぱいに持っていた人であります。その証《あかし》として興願僧都《そうず》という方に与えられた手紙があります。これを読みますと、上人がどんなに詩人であったか、詩のリズムを体に持っていた人であったかがよくわかります。長い手紙ですから、その一部だけご紹介しましょう。

むかし空也《くうや》上人へある人念仏はいかが申すべきやと問ひければ「捨ててこそ」とばかりにてなにとも仰せられずに西行法師の撰集抄に載せられたり。是れ誠に金言なり。念仏の行者は智慧《ちえ》をも愚痴をも捨て、善悪の境界をもすて、貴賤《きせん》高下の道理をもすて、地獄をおそるる心をもすて、極楽を願ふ心をもすて、又諸宗の悟りをもすて、一切の事をすてて申す念仏こそ、弥陀超世の本願にもっともかなひ候へ。かように打あげ打あげとなうれば、仏もなく我もなく、まして此内に兎角《とかく》の道理もなし、善悪の境界皆浄土なり、外に求むべからず、厭《いと》ふべからず、よろづ生きとし生けるもの、山河草木、ふく風たつ浪の音までも、念仏ならずということなし。

なんというすばらしい言葉でありましょう。詩と宗教とがまったく一つになった大宇宙そのものなのであります。このような上人の念仏賦算《ふさん》によって救われた数は二十五万千七百二十四人としるされてあります。六十万人決定往生から申しますと、あと三十四万八千二百七十六人残っておるのであります。わたくしはそれを知ったとき、一つの念願を起こしました。南無阿弥陀仏と書いてみなに配っても、今の人は受け取ってくれないだろう。だから現代語版ともいえるものを作って、みなさんに配ろう。四国に渡り伊予の国に住みつくようになったのは、そのためだったのだと思うようになりました。現在毎月出しております『詩国』という小さい個人詩誌は、そうした発願から生まれてきたものでありまして、わたくしの命のある限り、タンポポの種のように飛ばしつづけてゆこうと思っております。

昭和四十九年十月放送「ＮＨＫ人生読本」より

坂村真民（さかむら・しんみん）
詩人。一九〇九年熊本県生まれ。二十歳のとき岡野直七郎の門に入り、短歌に精進する。二十五歳のとき朝鮮に渡り教職に就く。終戦後は四国に移り住む。五〇年、四十一歳のときに詩に転じ、個人詩誌『ペルソナ』を創刊。六二年より発行し続けた個人詩誌『詩国』は、二〇〇四年に五〇〇号を迎えた。九一年仏教伝道文化賞受賞。二〇〇六年没。
主な著書に『詩集　念ずれば花ひらく』『詩集　二度とない人生だから』『詩集　宇宙のまなざし』（いずれも小社刊）、『坂村真民全詩集（全六巻）』『自選坂村真民詩集』『詩集　朴』（いずれも大東出版社）、『自選詩集　千年のまなざし』（ぱるす出版）など。

随筆集　念ずれば花ひらく

二〇〇二年三月十五日　初版発行
二〇一八年九月二十日　第五刷発行

著者　坂村真民
発行者　植木宣隆
発行所　株式会社サンマーク出版
東京都新宿区高田馬場二－一六－一一
（電）〇三－五二七二－三一六六
印刷　図書印刷株式会社
製本　株式会社若林製本工場

ISBN978-4-7631-9440-4
ホームページ　http://www.sunmark.co.jp